# 穿婚纱的杀人少女

蛟 著

西苑出版社
XIYUAN PUBLISHING HOUSE

中国·北京

## 图书在版编目（CIP）数据

穿婚纱的杀人少女 / 虫安著 .-- 北京：西苑出版社有限公司，2024.11
ISBN 978-7-5151-0886-5

Ⅰ.①穿… Ⅱ.①虫… Ⅲ.①短篇小说－小说集－中国－当代 Ⅳ.① I247.7

中国国家版本馆 CIP 数据核字 (2024) 第 099410 号

## 穿婚纱的杀人少女

| 作　　者 | 虫　安 |
|---|---|
| 责任编辑 | 高　虹 |
| 责任校对 | 王思硕 |
| 责任印制 | 李仕杰 |
| 营销编辑 | 怪　怪　蒙研祎 |
| 开　　本 | 880 毫米 ×1230 毫米　1/32 |
| 印　　张 | 7.5 |
| 字　　数 | 168 千字 |
| 版　　次 | 2024 年 11 月第 1 版 |
| 印　　次 | 2024 年 11 月第 1 次印刷 |
| 印　　刷 | 小森印刷（北京）有限公司 |
| 书　　号 | ISBN 978-7-5151-0886-5 |
| 定　　价 | 49.80 元 |

| 出版发行 | 西苑出版社有限公司　北京市朝阳区利泽东二路 3 号　邮编：100102 |
|---|---|
| 发 行 部 | (010)84254364 |
| 编 辑 部 | (010)84250838 |
| 总 编 室 | (010)88636419 |
| 电子邮箱 | xiyuanpub@163.com |
| 法律顾问 | 北京植德律师事务所 17600603461 |

# 目录

01　序

001　**穿婚纱的杀人少女**
手握百万拆迁款的刑满释放人员老秦,被刚刚出狱的少女缠上。领证后,她穿着婚纱消失了。

023　**珍珠耳环**
为见牢中爱人,她隐瞒过往嫁给狱警,直到一对珍珠耳环揭开背后的惊天秘密。

061　**父爱无疆**
狱警的女儿,被罪犯抚养长大。

077　**寻妻**
一个又一个妻子和女儿离奇消失了。

113　**纸牌屋**
在全省唯一的精神障碍女囚集中关押点,一个女犯连续高歌了 12 天。

129 **姐姐的拳**
她没有成为冠军,但用拳打出了属于自己的正义。

153 **悔罪十二年**
老方努力改造,想出狱赎罪,却在出狱后得知,当年的"受害人"是个碰瓷骗保惯犯。

169 **忧伤的奶水**
为了女儿,一个女人制造了一起惊天爆炸案。

189 **双娣寻女**
出狱后,天性热情的吴爱娣决定帮助患了尿毒症的王生娣,寻回多年前抛弃的女儿。

217 **绿洲萤火**
女监窗口"飞"出的萤火罐,里面藏着她们想对家人说的话。

# 序

《穿婚纱的杀人少女》是我在北京写的。2019年整个春季，我租住在奥林匹克森林公园附近的小区，闭门写稿。北京风大，窗外春意浩荡，人心酥痒，我这闭门发狠的时机，选得格外不对。

这则短篇算是憋出来的。文章成型，书桌上摆满了雀巢咖啡的易拉罐。我连错别字都没来得及改，趁着热乎，将它发给了一家影视公司的制片人。

制片人不久前刚认识，有意购买我另一个短篇的版权，但公司老板迟迟不拍板，我就想用这篇热乎乎的新稿促成买卖。

制片人两天后回复：稿子太单薄。

我万念俱灰，行走在北方的春风里，也感觉割脸。

不久之后，我离开了北京，稿子也投给了一个公众号，换了一点稿费，回了南京乡下。我是湖边长大的人，家门口有个界湖叫石臼湖，号称"天空之镜"，联结着两省三区一县。回家的那段日子我整天骑着电动摩托车溜湖，写作毫无信心，很是迷茫。

直到有一天，稿子在公众号上发表了出来，浏览量很快突破10万，读者反响也很好，版权顺利售出。

这篇稿子就以这样一种戏谑的方式，重建了我的写作信心。

有了这个好的开头，之后的《珍珠耳环》被获得金马奖的导演相中，《父爱无疆》又被一线演员买走，写作的路道越变越宽，文运也越来越旺。

那段日子，钱包鼓鼓，人心膨胀，眼里没谁，世界唯我独尊。电脑渐积灰尘，偶尔起了一丝丝创作冲动，开机敲字，羊拉屎一样，字数总难过百。

我干脆骑着电动摩托车在空空荡荡的街道上乱窜，风把耳朵灌满，杂念一扫而空，另一个自己也好像得道飞升。回到电脑前，敲打键盘，一个又一个的故事重新从受困的躯体里自行挣脱。

《姐姐的拳》写于2021年，获得了"阿里影业薪火好故事"征文大赛的首奖。我去阿那亚领了奖，站上讲台，领受人生的高光时刻。

我所有作品的写作初心都是自我取悦，当作品获得认可，完成了价值变现，我也随即获得了自我的验证，形成一套良性的奖赏机制。这个自我有时难免膨胀，膨胀到收不回来，有时又因为验证失败变得焦虑，有种江郎才尽的感觉。不管怎样，写作于我而言，无非就是展开一场又一场自我确认的游戏。

但作品一旦形成，发表出去，当它有了读者，它也有了自我，有了生命。它自己开花，自己结果，进入了自己的命运轨道，其实跟作者已经关系不大了，作者没法预想它，也没法控制它。

2024年4月，由《穿婚纱的杀人少女》改编的电影《朝云暮雨》在北京国际电影节首映，主演范伟获得"天坛奖"最佳男主角。至此，这部从北京的春天里长出的作品，从文字到屏幕，以影像的表达形式重塑了它的"自我"。

今天，以《穿婚纱的杀人少女》命名的短篇集出版，其中收录了好几篇被我视作"命好"的稿子。但无论多少荣光照身，我都不会忘记，一篇稿子，有了读者，它才有了生命。

虫安<br>2024年5月1号于"天空之镜"

# 穿婚纱的杀人少女

| 01 |

一个春天，垃圾场周边的太阳菊刚冒出来，我指挥几个新犯蹲那儿薅草。一号的管教朝我招手："老秦老秦。"我跨出两条腿，奔到管教面前，问有什么差遣。管教说："亏你是老犯，不知道让她们穿马甲？"

狱内劳务劳作要穿一件红色的警戒马甲，我赶紧回岗台取。

管教说算了，将我拉到一旁，塞我一包"红双喜"。我双手接过来，说："谢谢干部。"管教说："明天我休假，后天你都出去了，我也送不着你。抽的时候注意点，千万别在监狱抽。"

我猛点头。管教又说："你待会儿把头刮干净。"我小声问："不是让留一月头发吗？"管教说："这里面没镜子，你这地中海还是刮干净好看，而且两鬓全白，不精神。"我笑笑，说："还是留着吧，几十年没留过头发，长着好玩。"管教说："你太夸张，哪几十年了，你这趟死缓官司吃得顺当，实坐17年。"我说："还有上一回嘛，两趟加起来33年4个月。"

刑满前，管教送老秦一包"红双喜"，这事发生在2016年3月24日，被老秦完整记录下来。他的日记本起先写满伤心事，记下许多吃过的苦，后来慢慢改了，只写开心事。

我认识老秦始于那堆日记本，一位狱警朋友给我送来时说是老秦刑满前被扣下的，为了让我写出老秦的故事才调来给我参考，但不能保留，用完要归还到违禁物品收管室。

老秦是1963年生人，20岁吃了第一场死缓官司。案子很简单，老秦帮村里挖鱼塘时跟工友抬杠、打架，将对方摁在淤泥里呛死了。老秦最终被判死缓，是村主任找人保他。据他自己分析，挖鱼塘是公家活，村主任不愿看着闹一场矛盾死两个劳动力。

第一回死缓官司，老秦实坐16年4个月。1999年，母亲重病卧床，老秦刑满后头天进家门就开始为筹治病钱发愁。他在"里面"和一个卖"白粉"的贵州人关系很铁，为了搞快钱，他答应帮那人带一包海洛因，194克，被缉毒警当场逮住。这天距他刑满之日不过1周，等于放了个小长假。

按道理，这回老秦必死无疑，首先运毒的重量远超死刑判决底线，其次老秦是累犯，极可能被严惩。关在看守所期间，老秦托亲戚捎来寿衣寿鞋，只等开庭宣判，踏踏实实伏法上路。

有天夜里，老秦处于一种将睡未睡的浅梦状态，梦境里全是劳改农场的画面：一群管教站在金黄麦浪中说笑，他满头大汗，弯着腰割麦，周围一个同改都没有。他跑去问管教，同改们呢？管教说："大赦天下了，但你不能走，得割完这些麦子。"他放眼望去，被无边无际的麦田吓醒了。

老秦醒来后要上厕所，过道里原本该有犯人站岗，他抬头没见着，猜想那人可能在如厕，就等了一会儿才起床。走近厕所门口，老秦嗅到血腥味，伸头一看，值日的小岗（狱警指派的协管员，也是犯人）用厕坑里的毛边石割了脖颈，血流得满地都是，像踩翻了油漆桶。老秦赶忙呼救，管教开门，犯人也一起帮忙，最终送医及时，把小岗抢救了过来。

老秦因救人立功，第二次被判死缓。领到判决书那一刻，他想起那个麦田之梦，认定自己就是劳改命。

| 02 |

老秦第二次刑满释放前一天，老家的三任村主任突然入监探视，随行还有两位穿西装的女士。老秦很惊喜，坐牢这些年没去过会见室，来不及揣测这些人的来意，就立刻跟管教去了。

和老家人照面，老秦很激动，尤其重逢当年救自己一命的老村主任，他险些落泪。老村主任已80岁，耳朵不好，老秦喊七八遍，老人才会意地点点头。一番寒暄后，两位女士从公文包里拿出一沓文件，新任村主任向老秦展示，说带来两个好消息："首先，老秦家的宅子拆迁了，今天过来补签一下程序上的事，签完字，你就是百万富翁了。"

老秦一听，蒙了，问："那我以后住哪儿？"

对面人都笑："有钱了，还愁没地方住？天天洗桑拿去。"新任村主任补充道："安置房早就分完了，当时考虑你没这么快出来，而且你也没有直系亲属……当然，也怪我们做事怕跑腿，没及时跟你落实，是该来商量的。但现在来，其实对你更好，补得更多嘛，都是我们替你争取的。你虽没落到安置房，但全村补偿款属你最多。"

老秦急得跳脚，嚷嚷道："那我家里的东西呢？我老爹老娘的遗照呢？"

新任村主任转而问上任村主任："扒房子时，有没有上他家里收拾一番？"

上任村主任一拍脑额，皱着眉头回话："屋里几乎是家徒四壁，也怪当时事情急，没考虑周全。"话音未落，他赶紧回补一句："补偿款已经算尽所有损失，老秦你放心，不亏呀。"

老秦大脑一片空白，许久说不出话。管教站在身旁，他想发火却不敢。

新任村主任接着说："老秦，你这是在里面太久，还不明白自己摊上好事了。我让老村主任跟你再说两桩不好不坏的事，当年他救过你的命，你听不明白可不许拿他老人家发火。"

老村主任拿出一纸发言稿捧在手里，照着读，先说了一桩不好的事。古林岗属征地范围，老秦爹娘的坟墓在那儿，别家补贴2000元迁坟费用，老秦家没人料理，况且村里人以为他被判死缓得终生在劳改队，于是直接把那两座坟铲平了。老村主任继续讲不坏的事，虽然坟被铲平了，但眼下会按一座坟1万元补偿老秦，拆迁费加坟墓补偿费，一共102万元。

老秦一听，感觉血压上去了，身体一晃从椅子上栽倒在地。管教扶他起来，问他能不能行，不行就等出去，核查无误再签这些文件。新任村主任听了不乐意，朝里头喊话："老秦，你有今天的命，还不是老村主任搭救的？老村主任的面子你都不给，以后没脸回村里。"

老秦静心想了想，事已至此说什么都晚了，便将一堆文件全签了。摁手印时他扫了一眼日期，发现那是5年前的日子。

回到监区，老秦将事情讲给同改们听，不消5分钟其他监舍的同改也都知道了他成了百万富翁。那正是饭点，大家端着饭碗跑来，挤在门口跟他套近乎。有人问："老秦老秦，你手头抓着这些钱，出去准备怎么潇洒？"老秦唉声叹气地说："那钱都是爹娘宅子和尸骨换来的，哪有工夫潇洒，一门心思想成家对他们有个交代。"

大伙儿笑他："都多大岁数了，还有人愿意嫁给你吗？"老秦没心情陪大伙儿逗乐子，他认命，深信这突如其来的一笔钱是父母的冥嘱。

大伙儿出谋划策，传授他"泡妞"技法。有刚"进来"的同改提议老秦走精致大叔路线，说眼下女人喜欢大叔，只要老秦舍得花钱、使劲疼人就行。其他人把这提议否了，认为老秦官司吃得太长，脑子锈了，比不过"外头人"精明，会被女人骗光了钱。100万元虽够成个普普通通的家,但经不住这种玩法。

另有人提议,老秦干脆买个女人,4万元钱,只要有本事看得住,性价比超高。提议者是个人贩子,立刻被众人轰了出去。

最后所有人都赞同,让老秦踏踏实实靠相亲碰缘分。但老秦吃了两场死缓官司,肯定会把女人吓走,一般人不能理解这种经历。最适合老秦的相亲方案,是去女监门口碰运气:蹲守跟他情况相同,出狱后无亲无故,但又极其渴望回归生活的女劳改犯。

| 03 |

"你别管她以前什么经历,她也不管你经历过什么,两人齐心往前看,使劲往前走。"

今晚是劳改最后一晚,我记下这句同改们叮嘱的话,心里酥溜溜的。都是朝夕相处的狱友,以后到了外面,再见不见是一回事,人心再齐不齐又是另一回事。

今晚我一分钟没睡,明早就出狱了,这些年如同梦一场。

今晚这一页翻过去,日子是张什么新面孔,我心里头没数,后怕。

这是老秦日记本的最后一页,凌晨2点写的。

早晨7点40分,当班狱警交接班后送他去办理出狱手续。门口来了辆接他的面包车,新任村主任坐里头,给他带了身新衣服。

监狱门口有条野河，里面尽是被抛弃的衣服和鞋子，老秦在车里换上新衣服，将旧衣服一件件抛入河中。

回到老家，那地方的变化翻天覆地，老秦连东南西北都认不清。在宾馆住了一阵，落户、身份、账务各种手续搞定，老秦便去城里买西装，修头发，而后去女监门口碰缘分。

老秦头一回去那儿，考虑得不周全，时间和日子都不巧，一个刑满的女犯也没撞着。一年只有4次减假（减刑假释）大释放，平常零星释放的犯人较少，日均不足一人，而且都在早晨8点前放人。老秦觉得，既然奔着找对象的目的，就不能瞎找，条件要挑明，得重点布置几天后的一季度释放日的事宜。到时他会举一块牌子，写明自身、理想对象的条件，中意他的人自然会过来。平常他不一定每天都来，只能偶尔撞运气，主要希望都寄托在一年4次的大释放日。老秦想，这事必须坚持，一定要碰对为止。

一季度释放日这天，老秦起早，拿着预先做好的牌子，上面印着两行醒目的艺术字：男征女，男53，身体健康，有购房条件，觅35至45女，独身，有再生育想法。

到达女监门口，那儿已经围着一堆人，都是来接人的亲属。6点多钟的春晨，天色尚没亮透，老秦蹲在门口吃下两个包子，候着。接人的车陆续又驶来几辆，他左挪右腾给车子让位置，脸颊发烫，心里七上八下，把牌子藏于身后。

将近7点，女监大铁门上的一道小门打开，先走出两名女警，而后是排成队列的女犯。女警喊到"原地踏步"的口令，女犯们回应"一二三四，洗心革面，重塑新生，一二三四"。亲属们被5米开外的警戒圈拦住，很多人正用手机拍视频。其中一名女警喊"立定"，然后致辞，祝贺大家获得新生，随即喊"解散"，女犯逐一与女警拥抱，然后招手呼唤各自的家人。接下来，其他列队的女犯陆续出来，一批批喊着不同的口号，每个监区的刑满仪式各不相同。

老秦被这股鼎沸的人声逼到一处角落，打起了退堂鼓。但他忽然想到多年前被公审的情景……

"那场面我都见识过，眼下这点小儿科，至于怕吗？"历经这么一番自我鼓舞，老秦举起牌子挤到人群正中央。结果，女犯们忙着拥抱亲属，他的牌子根本没能引起几个人的注意。

女人们一波波被亲属接走，太阳逐渐升高，监狱的铁门嘭一声关紧。老秦略略失落，收拾牌子准备撤离。突然，马路左侧的行道树后头有人喊："老头，过来。"老秦扭身没瞅见人，况且周围还有两三个路人，不确定那喊的是自己，便未加理会。

那声音又喊："秃顶老头，来来来。"这次树后头伸出一个脑袋，是个留着短发的年轻女孩。他凑近看了看，女孩穿一身粉色睡衣，胸口和后背缝着一条白布，那是犯人的私服标记。刑满之日，犯人都会将这身私服脱掉扔了，驱除晦气。女孩还穿着这一身，想必是没亲属送来新衣。

女孩倚在树干上，指了一下老秦的牌子，问他几个意思。老秦瞅瞅女孩的样貌，胖是胖了点，但肤色细腻，眉眼有神，就是太年轻。

老秦回答："你不行，过25岁了吗？"女孩不屑地问他认不认识刘晓庆、赵雅芝和许晴。老秦说头两个熟悉，看她们电视剧有好些年了，但许晴不熟。

女孩又指一下他的牌子，说："那上面的条件我都满足，你赶紧表个态，能不能相中我。"

老秦乐了，说："少古灵精怪，你能有35岁？"

"你太不懂礼貌了，女人年纪不能瞎打听，再说年纪越小，你越占便宜。"

老秦问她哪里人，怎么没人来接，犯什么事进去的。女孩不耐烦，跺跺脚，说饿了，让老秦先请她吃饭。

| 04 |

老秦暂住县郊宾馆，正准备租套房。女孩吃饭时听说这状况，一边嚼着东西一边指点他，先租套二居室，把家电什么的全部配齐。老秦笑笑，问她叫什么名字。她说，常娟。

"常娟啊，你吃完饭赶紧回家，要缺路费，我可以支援两个。"老秦说。

常娟摆摆手："我俩先试婚，试一阵子，要是各方面合拍，该怎么办就怎么办。"

老秦盯着她笑："你这小姑娘家家，胆子怎么这么大，认识个陌生人就敢试婚？"

"你知道我犯什么事进去的吗？"不等老秦猜一下，她自己回答，"杀人。你怕不怕，介意不介意？"

"胡扯。"老秦分析了一番，试图拆穿她，"算你18岁杀人，作案情节较轻，主观恶意较弱，起码也得给你判个十几年。你这岁数明摆着不过25岁,你不是胡扯是什么。"

常娟略微吃惊,问老秦是不是搞法律的。老秦说书只读到初二。女孩会意,说:"这世上除律师那类人能搞懂刑法外,肯定是'老改造',类似于除了医生能搞懂毛病外,肯定是久病的患者。你是不是牢饭吃多了,耽误了娶妻生子,到这把年纪才在监狱门口守女劳改犯。"

老秦让她别把话题岔远,说:"跟你个小姑娘家家差着辈分,不许再瞎逗乐子,吃完饭赶紧回家。"他起身去前台买单,回来时往饭桌放下200元钱,正要离开,常娟突然夺走他的征婚牌,夹紧在双腿间,埋头哭起来。饭馆的客人都盯着老秦,老秦恨不能找个地洞钻进去,只好赶紧坐下,拍拍常娟的背让她收声。她很快端正坐好,说:"加菜。"

一顿中饭吃完,常娟拎着老秦的征婚牌,率先从饭馆走出。老秦补了单,随后跟上。两人站在门口,老秦点了根烟,常娟伸手讨要,老秦递她一根,她想对火,老秦递她打火机,她非要对火,老秦只好把烟递去。她点着烟后,说老秦没情趣。老秦让她别再胡搅蛮缠,伸手去抢征婚牌,她突然将牌子撅了,扔到地上。

老秦火了,骂她:"你怎么这么不识相?"

常娟从口袋里掏出一张纸递给老秦,上面盖满了大红印章,是刑满释放证明。老秦一看,惊到了。常娟朝他的脸颊喷了一大口烟,说:"没骗你吧,是不是杀人?就是作案时年纪太小,才16岁,在少管所待了2年,监狱待了8年,一共判刑15年,减刑5年,我今年26岁了。"

老秦把证明还她,说:"那你这年龄还是差太远,我比你老爹老娘都要大。"

常娟很不屑,说:"老少配,历史上响当当的人物多的是,我乐意,你还怕什么?"

"我不至于怕,只是你家里人能同意?"

"你放一万个心,我没亲人。你以后真心待我,你就是我亲人。你要还有那能力,等有了孩子,孩子也是我亲人。"

老秦神情严肃起来,看出常娟不是逗乐子,有些事他要问清楚,首先要把双方情况讲明。常娟回答:"该知道的情况已经摆明面上了,不该知道的都是没必要再回顾的,我们都进去过,往事说多了不好,重要的是向前走。"

"你年纪轻轻,为何相中我这老头子。"

"我有点恋父,喜欢你这个年纪的,然后我不想找活干,在里面劳改了10年,天天是两头黑的苦日子,过怕了,你以后得养我。还有,虽然我没爸没妈,但彩礼钱你不能省,按当地平均水平给。这笔钱我得存住,有安全感。"

老秦说:"你倒是很真诚,但我还是不敢相信,有点蒙。没敢想能和你这么年轻的女孩过日子,这辈子没交过好运,我心里慌。"

"所以我叫你租一套两居室,我们先处处看,各方面合拍,什么事都不急。当务之急,你得先给我买衣服,带我理发,还要买一部手机以及化妆品。"

"那是那是,都照你喜欢的牌子买去吧。"

老秦和常娟租住在市区的高档小区，精装修。他们分住两室，常娟睡主卧，那儿有阳台。老秦计划先租一年，一年间慢慢挑个像样的房子，买下来再安家，这一年的房租是3万元。老秦遵照常娟的要求，花7万元钱重新布置了家具。这笔钱花得他太心疼，但他也同意常娟的说法，这些家具以后肯定带走，羊毛出在羊身上。

住宿的事落定，老秦掏出记账本，加上杂七杂八的购物和生活开销，102万元赔偿款花去了14万元。他在银行签了两张大额存单，30万元一张；接着买了20万元理财，一年后旱涝保收能有3.5万元的利息。

当地房产每平方米均价1.1万元，老秦想着买个60平方米的两居室，那两张大额存单加利息钱管够，手头余钱20多万一半做结婚的礼金和开销，另一半做生活应急资金。

老秦准备去搬家公司应聘，虽年纪偏大，体力还是有的，靠力气搞定生计不是问题。等常娟生下一儿半女，给她开个小店，卖什么都行，日子能过下去他就知足了，对得起死去的爹娘。

这是老秦的如意算盘，太一厢情愿了。同居第二天，他账上立刻少了1万元。常娟学会了网购，要买鞋，运动鞋要买2000元一双的"AJ"，趁着打折活动加紧买两双；她还相中1双马丁靴、1双高跟鞋、3双色彩不一的帆布鞋。统共7双鞋，一天一换，抵扣完一堆新人优惠券，刚好1万元。

老秦极为心疼，但心想一年后可以有3.5万元利息钱，还是咬咬牙给她买了，不能在这最初的当口显得自己小气。

之后一个月里，老秦几乎都处在这种咬紧牙关的状态下，3.5万元的利息钱早早超支。老秦头一回跟常娟板脸，那天两人冷战到凌晨，老秦无法入睡。不久，常娟推门进来，他嗅到一股香水味，很紧张，立即假装熟睡。常娟钻进被窝时，他还是不敢动弹。

"别装了，烟灰缸还冒烟呢。"

"你进我屋干吗？"

"你为我花这些钱，总该让你得逞一次，来吧。"

老秦坐起身，斥责常娟，让她别闹。

"别假正经，快来。"

春风漫进屋内，老秦站去窗边，心口酥酥痒痒，嘴上却说："等领证那天吧。"

常娟也坐起来，说："老秦，想不到你挺正人君子。我没看错你，明天咱俩领证吧。"

老秦有些吃惊，问："怎么突然就要领证，试婚不试了？"

常娟从床上下来，从身后抱住他，说："不试了，踏实了。"

老秦没敢表态。常娟问："嫌弃我乱花钱？"

老秦仍不吱声。常娟松开他，说："花这些钱其实是考验你稀罕我不。"

"稀罕，就是太稀罕。快领证了，我后怕，怕以后不知道咋样疼你，万一疼不来，耽误了你。"老秦赶忙回应。

常娟笑笑，说："还行，不是个傻老头，会说两句嘴甜的话。"然后又交代他："怎么也不能在婚礼方面小家子气，虽然我俩没亲戚没朋友，可是该花的钱该买的东西都不要少。"

"一定的，必须的，按好的来。"

婚纱是买的。常娟表示，自己没被人疼过，想要婚纱留个终身纪念。老秦认可，心想"人家这么年轻嫁给我糟老头，这点要求也在情理"，于是花59999元买了一套。

"三金"也不能少，花去2万元。接着，常娟又买了一枚钻戒，1.8万元。老秦提前支取一张大额存单，买西服、皮鞋和价值3000元的男款金戒指。

老秦计划拍一套婚纱照，预算5000元，常娟却说免了，自己不喜欢拍照，有婚纱穿就行。老秦觉得，哪有结婚不拍照的，这跟拍遗照是一个道理。常娟态度坚决："不拍就是不拍。"她举起手机和老秦拍一张合影："妥了，婚纱照的钱留着给我买鞋买包。"老秦只好作罢。

搞妥这些事宜，老秦想立刻去民政局领证。常娟却不肯："你还没求婚，你得给我办张卡，把礼金钱存卡上，一共是18.44万元，一分不少一分不多。"

"这什么钱数，为什么一定要这些？"

常娟不回答，接着自己的话说："钻戒、婚纱、三金加那张卡，一起捧在手心，单膝跪地，而后再说几句甜嘴的真心话。当然，最重要的是买一张王力宏的海报，将头像剪下来贴到你脸上。"

"王力宏是谁？"

"梦中情人。"

"我求婚贴他的头像干什么？"

"叫你贴你就贴。他吧，是我初恋情人，死了。我以前发誓非他不嫁，你呢，就委屈一下，我就走个形式。"

"你这还挺痴情，行吧，死者为大。"

最重要的事也已稳妥，两人便去领了证。办事员将钢印戳上，两个本本递过来，老秦像梦一场似的，仰头喊一声"老爹老娘"，吓了办事员一大跳。

| 06 |

狱警朋友和我联系上老秦，先是在电话里沟通了一个半小时，而后约在茶餐厅面聊。老秦骑着一辆女款电动车过来，人又瘦又高，头顶秃得厉害。他跟我不熟，有时不搭我的腔，只专注和狱警朋友说话。

"领证日期是 2016 年 5 月 20 日。5 月 23 日那天，周末，下着雨，她提着婚纱，打伞出门。说左胳膊长太多肉，晚上试婚纱，胳肢窝那儿的线崩开了，找家店去修一修。但再没回来。"

聊天过程中，他容易出神，不时伸头出去查看那辆电动车。狱警朋友三番五次提醒他，让他重点讲讲和常娟的后续事情。他不太乐意："讲完这堆事有什么意思？上报纸也好，卖书也好，拍电影也好，一来解决不了什么现实问题，二来和我也没半毛钱关系。"

狱警朋友继续给他做工作，说："老秦，你人既然来了，能讲的就多讲讲。"

老秦把头从窗外缩回来，忽然说："我去她老家找了一阵子。"

终于，老秦渐渐打开话匣子。

常娟的户籍地远在 2000 多公里的外省，他年过半百头回坐飞机，竟是因为一场寻妻的苦熬之旅。第一次，老秦没能找到人。他怀疑自己找得不够仔细，又飞了一趟，仍旧被准确的路线信息指引着，站在了一条三省通衢的高速公路旁。

正午烈日炙烤着路面，一股难闻的柏油味升起。道路上车流滚滚，老秦满头大汗地站在那儿，太阳晒得他恍惚，一堆寻找妻子以外的事在脑中盘桓：为什么坟墓会被推平盖起高楼，为什么户籍地会在证件的有效期内成为一条公路？他无法理解这个高速变迁的时代，更不明白人和故土的决裂怎会瞬间发生。

热浪从行道树的枝丫间向老秦扑去，知了叫嚷起来，春天过了。老秦昨日的喜庆一眨眼变成破碎的肥皂泡，梦幻又残酷。

2016年6月末，天气极热。从常娟老家回来之后，老秦在出租房憋了很多天，吃吃睡睡，每晚灌下一瓶牛栏山。有天早上，他躺在床上被一股臭味熏醒，迷糊间发现垃圾桶内爬出来一群米粒般大小的胖蛆，正在地板上蠕动。

坐牢时，老秦每天早上5点半起床洗漱，过后第一件事就是整理内务。首先将被子叠成方正的豆腐块，然后掀开床板擦洗床架；脸盆牙具要整齐排列，摆出一条直线；毛巾拧干对折，平整地挂起来，不得滴水；擦地要双手撑住，用专用的毛巾来回推上两遍，直到水磨石地砖干净得能映出人影。管教开封（早上打开监房的铁门）后要检查卫生，带着一只白手套，进监舍后随处摸。老秦的监舍很难挑出卫生瑕疵，他因此月月被评上卫生标兵。

在那个被臭味熏醒的早晨，老秦突然醒悟似的，迅速起床，收拾屋子，擦亮每一件物品。脑中似乎有个声音告诉他，常娟不过是个贪玩的孩子，玩够了没钱了就会回来，结婚证是真的，什么都是真的。

老秦片刻不能停,因为会有另外一个声音在他静心时嘲笑他,别一把年纪还这么幼稚,你就是被人骗了。最终,嘲笑的声音胜出,他累得瘫在地板上,天花板在眼里旋转,老秦老泪纵横。

夏天拖着长长的尾巴过去,老秦渐渐从郁闷的心境中走出来,他变卖部分家具,换到了一处一居室里。他没去搬家公司,应聘了一家后厨保洁公司,每晚9点去各个饭店进行后厨保洁,钻进巨大的管道内,将油垢细致地清除,擦亮油迹斑斑的不锈钢灶台。这活儿是他的强项,整个清洗过程能令他产生快感,好像自己陷在污垢中的人生,也获得了一种仪式上的清洁。

| 07 |

有天出工前,老秦接到一个未知号码的来电。之前找房子给一些人留过号码,总有售楼处的来电骚扰,他掐掉一遍,对方又打了过来,他只好接听。

对方是个女人,问常娟在不在。他吃了一惊,慌忙查问女人的身份。女人自称常娟以前的管教,常娟出狱那天,用这个号码跟她通过电话。听到这儿,老秦想起来了,那天常娟刚买手机,但没来得及办卡。

女管教查问老秦的身份。老秦想了一下,称自己是常娟的丈夫。女管教之所以回拨这个电话,是想告知常娟一件事,于是问老秦是否方便提供常娟的号码。

老秦表示，有什么事可以直接讲。女管教说："常娟出狱前查问补交民事赔偿的程序，当时我很忙，没及时回复。最近监狱开展'服刑人员退赃认赔思想动员会'，我才想起这事，想跟她说一下。"

"她的案子还附带民事赔偿？"老秦问。

"有23.44万元，她奶奶履行了5万元，还剩18.44万元。"

老秦听到这个数字，立刻想到常娟索取的彩礼钱数，兴许常娟的出走和这案子有关。老秦对女管教讲述了他和常娟之间发生的事。女管教听完之后，说："糟了，情况可能不好。"他们相约当晚面聊。

两人约在商业街一家24小时营业的咖啡馆，女管教带着教改科同事一道前来，老秦已早早在那儿候着。三人碰面后，女管教先开口："常娟可能又做了傻事。"老秦询问具体情况，女管教让同事递上一份表格，上面详细记录着常娟的改造表现。

2007年4月9日，少管所女收押区303常娟吞针34枚，给予严管2周，进学习班1周。事件过程：该犯趁工间休息，从车间捡了几十枚废弃缝纫针，返回监舍后吞针自残。原因分析：悔罪情绪严重。

2008年1月12日，少管所女收押区303常娟割腕，给予严管4周，进学习班2周。事件过程：该犯趁收封（晚上锁上监房的铁门）时机，将犯号牌磨成刃器，企图割腕自杀。原因分析：悔罪情绪严重。

2010年11月19日，4监区202监舍服刑人员常娟有自杀情绪，严管3周，通知心理咨询科室进行危机干预。

……

满满一张纸，记录了常娟的8起自杀自残事件。老秦将表格放下，问："她到底犯了什么案子，为何这么想死？"

女管教回答："我们针对常娟开过多次顽危犯攻坚会，她的心理原因还是在于缺失家庭温暖，犯罪原因也在于此。"

从管教口中，老秦得知了常娟案件的始末。

常娟的父母在一次车祸中双双丧生，她是被奶奶带大的。父母死后并没有获得赔偿，肇事者是个开拖拉机卖西瓜的贩子，毫无履行赔偿的经济能力。此人入狱几年后，相关的民事赔偿一直拖到不了了之。

肇事者家在离常娟家3公里的村镇，常娟16岁时，镇上的初中合并，常娟和肇事者的女儿进了同一所中学。那年奶奶心疼学费，决定不让她继续上学，辍学后她尾随一个女孩，将其杀害。那女孩回家要绕过一条200米长的田埂，旁边有一个野塘，常娟把她推下池塘，眼睁睁看她淹死。之后常娟还找来竹竿，将死者的鞋子勾到岸上，穿走了。

警察根据往返脚印确定是他杀案件，并迅速破案，逮捕常娟。审讯过程中，常娟才知道自己杀错了人，撞死父母的肇事者的女儿叫黄芳，而她杀害的女孩叫王芳，她在学校打听时弄混了人名。而常娟穿走死者的鞋子，是因为作案当天是她生日，被害人穿着名牌运动鞋，她想用来当自己的生日礼物。

奶奶卖掉常娟父母的宅子，凑了5万元赔偿受害者家属，表达积极悔罪的态度。常娟因犯案时尚未成年，最终获刑15年，附带民事赔偿23.44万元，剩余18.44万元一直未予履行。

常娟是2006年11月被送进少管所的，奶奶去探视过一次，给她带了 5 斤香肠、一沓手工缝制的鞋垫。

本来约定一年看常娟一次，谁知奶奶回家后不久便在门口摔了一跤，一直卧床不起。直到奶奶去世，常娟两个叔伯都没有送她就医。

管教民警去家访时也听村民说过这事，村民们认为，当年那地方要修高速公路，已划进征地范围，常娟叔伯盼着奶奶尽快咽气，老人也赌气，躺在床上拖到离世。

| 08 |

老秦说到这里，停了下来，狱警朋友给老秦续水，我在一旁问："那么常娟找到了没？"

"管教查了 5 月 23 日到 10 月的死亡证明，里面没有常娟的名字。她还调取了常娟的银行卡转账记录，发现有一笔 18.44 万元的款项汇入当年审理她案子的法院，财产刑履行完毕的证明都已经帮她取好了。"

这时，老秦不讲了，准备去一家饭馆做后厨油烟管道的保洁。他独自包了几家店的生意，苦是苦点，但钱挣得多。我和狱警朋友送他下楼，目送他骑着电动车迅速离开，那瘦削的背影很像电影《木乃伊》里的骷髅兵。

狱警朋友派给我一支烟，说："他还是不肯讲。"

"什么？"我不明所以。

"常娟在老家酒店住了一阵，穿着婚纱从酒店楼顶往下跳，人没死,但后脑勺被揭掉一块骨头,并发癫痫和半身瘫痪。警方根据她录在档案里的婚姻状况,查到老秦,现在人被老秦接手照顾了,两人名义上是夫妻。常娟的管教倪队长还为他们组织过一些捐款。这些事儿,才是他不愿再讲的。"

我很震惊,狱警朋友转而又说:"知道常娟为什么非要领完结婚证再办这些事吗?"

不等我回应,他便继续说:"一个狱友教她的,那人专搞婚骗,告诉她,领了证,那18.44万元就是合法的了,不领证,整件事肯定被定性为诈骗,钱还会被追回来。"

常娟想在自杀前把钱偿清、赎罪,却没想到后续这些煎熬的事情不得不由老秦承受。两场死缓官司熬了过来,而这段婚姻,老秦怕是熬不过去了。

# 珍珠耳环

| 01 |

周队为下班途中避开人民医院，卖掉了原先的房子，搬去了4公里外的开发区。

2002年，妻子因羊水栓塞，死在了人民医院妇产科B区2楼的手术室，肚子里还有9个月零8天的"小周"。

妻子是朴实的农村姑娘，思想比较传统，几次游说周队"开后门"，探探"小周"性别。周队很瘦，麻秆儿体形，生气时脑门上凸出一根弯曲的青筋。他对妻子进行了谈话教育，甚至批评她"小农"思想，给她普了法。

"她乐天派，我有时候瞎来劲儿。我不给她开后门，她就去找人算，算出来是个男孩，晚上挤在我胳肢窝里，偷着笑。"

妇产科Ｂ区2楼203房间的窗户对着大马路，妻子的丧事办完，周队每天骑着摩托车从那儿路过，总抬眼看那扇铝合金推拉窗，妻子的床位曾靠窗边。有次一位和妻子体形相似的孕妇趴着窗，他慌了神，撞上路牙，整个人飞出去，面部着地，在急诊室缝了15针。

那几年周队痛苦死了，在亲朋好友的帮助下，他决心搬家，躲避那条旋涡般的必经之路。

新房布置妥当，周队又开始每晚睡不着，惧黑，通宵得亮灯。父母想搬来，被他拒绝了。同事送他一条犬崽，他养了一天，看着刚断奶的小不点，忽然哭得睁不开眼，次日又还了回去。这样糟糕的日子不知持续了多久，直到2006年举办青年狱警大练兵，他在单位备勤楼住了1周，失眠的毛病突然好了。练兵结束，他晒得一身漆黑，再也离不了宿舍那张单人弹簧床。通过审批，他在那间16平方米的备勤房内一住小两年。

房间有个小阳台，他下班后总在那儿抽烟、喝啤酒，小小的3平方米空间，视线极其开阔，既能看见山坡风光，又能将监狱操场一览无余。

这两年是周队的事业上升期，他从3监区的带班民警升任副科二把手。也在这个跨入30岁的人生当口，父母开始逼他相亲。

周队的父亲是上一辈的狱警，他们内部有个"警嫂联姻会"，几位老年警嫂专门为狱警子弟牵姻缘，母亲也是积极分子之一。儿子的事之所以延后这么久再办，是老两口对儿子最大限度的体谅。这些年等差不多了，见儿子的情绪一切稳妥，安排相亲成了老两口最紧要的事业。二老从最初的小心规劝到后来的威逼利诱，相亲会，周队总算去过两趟。

市南方位最热闹的商厦，有家皇室咖啡屋，约好的相亲对象在那碰头。母亲眼尖，挑的人都不差，两位都是教师，相貌中等偏上，知性礼貌，没什么可挑剔的。但周队总是事后反省，"是自己太敏感了"，总觉得对方盯着他脸上的伤疤，笑得很刻意，透着一种令他讨厌的同情。

他回来跟母亲吵，问她是不是讲了前面那些事。母亲反问他："讲讲怎么了，证明你痴心痴情不好吗？"他跟母亲说："以后再也不去相亲，没你这样揭我伤疤的。"

国庆节后的第一个周末，父母火急火燎地赶来了。周队原本约了几个老友去乡下钓鱼，二老突然跑来，他只能将这点好不容易培养起来的爱好暂停。父母在他小小的房间里料理了一阵家务，随身带来的水果、蔬菜、咸货，塞满了他那个 90 升的小冰箱。

二老坐床头，有一句没一句地叹气，周队坐床尾，漫不经心地整理鱼线。

父亲说："我上个月晕了一次，坐公交，扑腾一下，就趴站台那了。"说到这儿，他干咳了几下，周队只好放下手中的鱼线。

母亲接话："幸好是白天出门，站台上有热心肠的人，愿意扶你爸去医院，一般人不敢扶的啊。那条路上，有很多工程大卡车路过，去年就轧死过一个男人。车子碾过去，人就跟个摔在地上的西瓜一样的。"

周队想说点什么，但又止住了。父母已经老到需要运气眷顾生命的程度，再也不能操心子女的事情了。他俩此行的目的，是向周队下催婚的最后通牒。

二老给周队物色了一个 28 岁的女个体户，约在皇室咖啡屋吃中饭。

周队把鱼竿鱼线收好,一声未吭,但姿态已经服软。父母大老远跑来,不去会会这个女个体户,周队交不了差,他们也不死心。

出门前,二老特意叮嘱周队穿警服,说这身衣服显气魄,让女孩子有安全感。

皇室咖啡屋那儿人山人海,一股挤破头的热闹劲儿。周队靠门口抽了支烟,约的时间已到,女方还未出现。他进了店,刚找个位置坐定,突然想起父母没告诉他女个体户的相貌和名字,照片也没见过。二老是操心过头,关键时刻忘记交代最重要的事情。周队自己则总是一点不上心,什么也懒得问。他再一想,弄不好人家已经进店坐哪处等着了。他挨个位置找,见独坐的女人就凑上去问是不是约了叫周康的人。

东南角一个苗条的女人站了起来,朝他挥手。那人面白温润,一头黑发,穿一件高领米色毛衣。周队小跑过去,两人礼貌性问好,各自坐下。女人将饮品单递过来,说:"喝杯咖啡,我们去吃中饭吧。"

周队接过单子,瞅她一眼,眼光又赶紧缩回单子上。他感到脸上那道伤疤火辣辣地痒,故意将饮品单举得老高,把脸挡死死的,闷闷地说:"喝不惯这东西,等你喝完,找家饭馆。"

女人说:"我们这就走吧。"周队放下单子,女人忽然拉开毛衣高领,露出半截白皙的脖子,她指着左耳根的位置,说:"你看,和你脸上那个像不像?"

周队看见一道蜈蚣形的伤疤,缝合的针脚有十数之多,是道很深的伤口。女人轻轻地抿了下嘴,那道伤疤缓缓蠕动。周队说:"还真挺像,怎么伤的?"

女人拿起包,站起身,礼貌地说:"去饭馆边吃边聊吧。"

| 02 |

顾晓宇21岁差1个月犯下了凶杀案,获刑死缓,走完判决程序时已在看守所蹲了2年,被直接分去劳改,眼下已在4监区蹲了有小6年,转眼都是奔三的人了。

他的工位在服装车间头排,面对一块茶色玻璃幕墙,老旧浮灰的镜面上贴着醒目的标语——"用汗水洗刷罪恶的灵魂"。

有一回,生产线上的烫工和检验打架,两人挨着他的工位打了几个回合,管教冲上来制止,烫工突然掷出一柄熨斗,砸中了他面前的玻璃幕墙。

玻璃瞬间碎裂,管教顺势扑倒了他,玻璃碴儿落满两人胸前。差上几寸,就可能划破他的脖颈,也可能嵌入他的脑袋里。那一刻,他反倒没有害怕。

高三的时候,顾晓宇在优等班。学业最紧张的关口,教室内鸦雀无声,所有同学埋头复习,备战高考。

他是体育委员,有天自作主张,想组织一场篮球赛,缓解一下同学们过度紧张的备考情绪。那天他带着球进了班级,球赛却突然被班主任叫停了。课间休息,大伙儿就在班级里练传球。球抛来递去，砸碎了一块玻璃。

教室装的是老式的格子木窗，玻璃尺寸是20厘米×25厘米，去镇上割一块，只花2元钱。

他骑着自行车往镇上赶，玻璃店在一座观音庙旁，庙是镇上的商户捐钱盖的。

顾晓宇的父亲是水产大户，建庙时捐了5888元，本来名字要刻第一位，结果玻璃店老板捐了6666元，顶掉了父亲的第一顺位，两个商户因此结怨。玻璃店其实不挣钱，但镇上传闻老板打牌手气好，捐钱盖庙那些天，连赢几个通宵，床底下都堆满了现金。

镇上找不到第二家玻璃店，即使明知父亲和玻璃店老板"不对付"，顾晓宇也只能硬着头皮进了店。

店面六七十平方米，门口七八块方正的蓝色玻璃竖放着，一个白净的女孩正靠在玻璃上吃西瓜。还没进6月，西瓜很贵。女孩端着半个大西瓜，手腕压得很低，捏着一柄勺子有气无力地刮着西瓜瓤。顾晓宇觉得她应该和自己同龄，甚至小一两岁，但她那身宽松的裙子内分明有个若隐若现的大肚子。

顾晓宇走进店里，喊了两声："老板呢？"女孩说打牌去了。顾晓宇往桌上放了2枚1元硬币，说："割一块透明玻璃，尺寸是20厘米×25厘米。"女孩说："我不会割，你晚上再来吧。"他问她玻璃刀呢。女孩拉开桌子抽屉，拿出一把玻璃刀，还有画线的记号笔。他接过来，四周找找，一块透明玻璃插在两块蓝色玻璃中间。他先抽出来，然后喊女孩搭把手，抬起来再铺到地上。女孩放下西瓜，过来抬玻璃。

玻璃有1米多长，两人一人一头。女孩手上沾了西瓜汁，手滑了，啊的一声，玻璃脱手坠到地上，哐当一下，顿时玻璃碴儿四溅。

顾晓宇吓丢了魂，抱着头躲开一步。

等炸裂的场面安静下来，他回身一看，女孩满脖子挂血，愣愣地站着，灰色的棉质孕妇裙在领口洇开一团血渍。

顾晓宇背起女孩，立刻往外冲，镇卫生院就在500米开外。

他是个1.79米、79公斤的棒小伙，校篮球队的主力大前锋。女孩不到1.6米，软胳膊软腿，虽挺个大肚子，体重也就50公斤上下。他跑起来飞速，女孩双手吊住他的脖子，轻声喊："慢点慢点，我不怎么疼，就是麻，不知道玻璃扎哪儿了。"

到了卫生院，医生翻开女孩的头发找伤口，顾晓宇凑上去看。

一块硬币大的三角玻璃扎在女孩左耳后根处，医生取下玻璃，伤口很深，缝了十几针。

为这事，顾晓宇挨了父亲一顿打。

父亲交了医药费，等到半夜，玻璃店的老板才来望了一眼。

那是个络腮胡子男，秃顶、大肚子，右臂文着一个潦草的"寿"字。他喊女孩"冬云"，问她好不好。女孩说："不碍事，就是伤口胀。"他给顾晓宇后脑勺来了一巴掌，打得顾晓宇头皮发麻。然后指着顾晓宇父亲说："营养费、误工费，都给我照齐了给。"

女孩过来劝道："他也不是故意的，你去打牌吧，不碍事的，我自己回得去。"

女孩的脖颈至后脑缠绕了纱布，带着网兜。顾晓宇闻到她身上苦涩的香气，那是花露水、血、消菌药水、汗液混合后的复杂味道。之后的整个夏天，他一直被这股味道缠绕，很多个傍晚，他倚在庙墙上，眺望玻璃店亮起灯的窗户，为偶尔闪过的一个身影感到兴奋。

有时又不免看见两个重叠的影子,他会失落落跑开。

| 03 |

周队的幸福时光是从2008年12月9日开始的,他和田璐认识两个月,闪婚了。父母更高兴,这个儿媳知书达理,长相顶好,最关键的是田璐没有娘家,几万元的彩金给她等于给儿子。唯一的缺点是田璐有过婚史,生育过一子,但早夭了。不过反过来想,正是有些缺点才显得真实,太完美了反倒有距离感。

让周队现在回忆一下,他也说不清怎么就一眼相中田璐的。"关键还是漂亮。"

周队的家庭背景在那座人口30万的县级市里,算中上游。父亲是老一辈狱警,农村出来的"争气"青年,一辈子最大的追求就是衣锦还乡。结婚时,他的婚礼在乡下办的,周队出生后,满月酒也是在那办的。之后所有隆重点的活动,都得回乡下操办。村里建祠堂搞募捐,父亲掏钱最多,一家人的名字被刻在碑上,镶在菩萨和宗祖灵牌的前面。

周队的前一桩婚事,是父亲做主,一手操办,选定了乡里一个勤苦人家的女儿。周队没那么情愿,但妻子的品行确实没得挑剔,两人的感情在婚后日渐深厚。

说实话,周队理想的另一半,就该是田璐那样的,准确说是靠近田璐那样的。在他眼里,田璐过于完美了,是之前他想都不敢想的类型。按母亲的话讲,相不中田璐那样式的,都是睁眼瞎。

周队有时候也恍惚，田璐怎么也看中了他。他时而挺有那么点自信，自己端着的是"铁饭碗"，家中二老各有退休工资，一身警服也是加分项。时而他又有点疑惑，婚前婚后，田璐总那么一副不悲不喜的样态，表现得过于安静。这种气质好像渐渐形成了一堵墙。

他私下问过母亲，怎么认识田璐的，从哪牵的线。

母亲说，她们的"警嫂联姻会"上过地方电视台，大伙儿在节目上报了十几个狱警子弟的年龄、身高、职业。母亲用了点小私心，征婚电话留了自己的号码。节目下来，她接到好几拨电话，女方都报了年龄、职业和家庭情况。她打头阵，挨个见了一下，挑了个最好的让周队去相。

没有十全十美的事，周队虽觉得田璐冷淡，但那可能是天生的性格。除了这点，他实在挑不出田璐身上的任何缺点。况且，田璐在实验小学旁有间小门脸店，卖绣品、文具兼炸串，收入比周队还高。

"她说有那么两年特别不顺，孩子出意外，没了，而后丧夫。周遭的人都说她克家，她卖了房，改了名，挪了窝。"

周队有次查问妻子的原名，她有点恼火，说不想去揭那块伤疤。周队再没问过。他格外珍惜这段缘分，也渐渐认可妻子的"安静"，是在保持婚恋关系中的距离感。他们之间确实做到了相敬如宾，少有争吵，大多数矛盾都尽量在礼貌的沟通中化解。

婚后不到3个月，父母常来"探视"小两口，后来回回扑了空。二老电话中质问周队："你俩平时不住新房，住哪去了？"周队解释，搬单位备勤房住了。二老骂神经病。周队说："你们两个老人家这么盯着田璐生孩子，她不躲着才怪。而且我现在夜班多，她住近一些，什么事都好。"末了，他再补充一句，你们想抱孙子，就少跟这么紧。

父母说："不想听唠叨，就赶紧让田璐怀上。"周队问他们臊不臊，撂了电话。

其实生孩子这事，田璐早在新婚之夜就跟周队明确过，歇两年再考虑。周队同意了，父母那边交由周队负责搪塞。搬到备勤楼住，其实是田璐的突发奇想，她说了三点理由：第一，那儿挨着山，空气好；第二，周队上夜班时，她有时间煲汤给他；第三，她喜欢看"稀奇古怪"的人，备勤楼能看清高墙里的囚犯。

周队疼她，什么事都禁不住她磨两下，不仅同意了，还临时起意，用"造人计划"说服了父母。

要说备勤楼那块地的风光，真没得挑。楼后头是连绵十几公里的矮山坡，坡上郁郁葱葱的绿植，清晨成团的鸟儿从里面飞出去，傍晚乌压压钻回来。

房间里的小阳台，田璐用来晾被子，可鸟粪毁了两床被套。周队有时出门顺手抱去楼下，晾在健身器材上。但有时他在监狱操场上瞅瞅自家阳台，发现田璐又抱回了被子，挂在栏杆上。被套的颜色艳丽无比，日光打上去，格外显眼。

田璐在刺绣厂上过班，会绣牡丹。被套上绣了七色牡丹图，很精美。毕竟是一针一线绣上去的，拉再多鸟粪，周队也没讲过一句，洗洗干净的事。

有一天，周队带犯人出操，广播乐刚响起，下暴雨了。井然有序的队列瞬间被雨冲散，犯人们东躲西藏，往文教楼的玻璃檐冲去。周队指挥3监区的犯人点名报数，忽然看见一个犯人孤零零地站在暴雨中，是隔壁4监区的，管教正大声唤他。

那犯人浑身湿透，怔怔地盯着备勤楼的方位。

周队顺着犯人的视线看去，暴雨迷蒙，只有他那个小阳台格外醒目，一条大红被子还挂在阳台栏杆上。

4监区的管教冲进暴雨中，将那名犯人拉了回来。

下班时，雨已经停了。回到家里，他见田璐不在，那条大红被子已被淋到湿透，收回来还不如晾着。他打田璐电话，得知她去市区购物了，没带伞，被暴雨挡在路上。他要开摩托车去接，她说打到了车，一刻钟就能到了，晚上炖鸽子汤喝。

周队站到阳台抽烟，暴雨浇过的天空，明净清晰，甚至能看见监狱操场上一排湿漉漉的脚印。

第二支烟抽完，田璐回来了。她拎着大包小包，一进门就大呼小叫，喊"完了完了"，快跑到阳台，摸了摸被子，对周队喊："你刚才电话里咋没讲这事，我忘死死的了，不然买一条回来。"

周队宽慰她，说："没事，我去要两条公被，备勤楼什么都缺，就不缺被子。"田璐不吭声了，拎着东西去厨房。过了1分钟，她在厨房里喊："帮我把楼下东西拿上来，我都忘了。"

周队跑下楼，见楼道里摆着一个半人高的包装箱，是架5×24的寻星镜。

04

顾晓宇知道玻璃店的老板喜好打牌，空荡荡的店里只有那个叫

"冬云"的女孩守着。

镇上早就传闻，那个女孩的年纪不过20岁，是老板从牌桌上"赢"来的。准确点的说法是，一个寡汉在牌桌上输了3间平房，老板上门讨债，相中了他辍学后在绣品厂当学徒的养女。老板不仅没要那3间平房，还付了2万元彩礼，寡汉便将女儿嫁到了镇上。

高考之后，顾晓宇总骑车从店门口绕过去。

燠热的白昼，光线照进店内，四壁流溢，在大块玻璃上折射出迷人的反光，偶尔会有彩色的光束截断街面。有次顾晓宇被一束光晃了眼，在烈日下摔了个跟头。女孩从店里走出来，问他伤了没，转着圈给他拍灰，看到他胳膊肘处有一处擦伤，便拽着他在店里坐下，找来了创可贴。

女孩请他吃瓜，问他没事总来店门口转悠个啥。他被这个问题弄得面红耳赤，一声不吭地端着瓜蹲在门口啃。吃完瓜，他问女孩那个疤怎么样了。女孩掀开头发让他看，他觉得像条鲜红的蜈蚣长在女孩耳根旁，伸出手触了一下，问女孩疼不。女孩说："不疼，洗头时沾上泡泡有点痒。"

他缩回手，忽然说："我考上大学了，过不多久要去军训，你要是还疼，我可以再赔你一点什么，等我走了，你只能找我爸了。"

女孩笑了，问他能赔点啥。他说珍珠。

顾晓宇的父亲承包了一片湖域，在湖面拖了几千个雪碧瓶，养珍珠。

女孩说："行吧，你去军训前，赔我点珍珠吧。"

顾晓宇知道父亲不久前开过贝，那批母贝养了4年多，收成惨淡，一共才取了3000多颗无核珍珠。父亲给上好的珍珠都打上了规格，古街上的首饰店老板开过价了，过几天就来取货。

顾晓宇偷了两颗最好的，请首饰作坊的匠人做一对耳环。匠人让他多出500元钱耗材费，说这么好的珍珠要用纯金做镶皮。顾晓宇便回家跟父亲讨钱，说高中同学聚餐，每人出500元。父亲给钱很痛快。

1周后，那对耳环做好了，珍珠镶在一块镂空的菱形金皮内，下面还吊着3块小菱片，半个指甲盖大小。太阳光里一照，金光闪闪。顾晓宇将耳环放进上衣口袋，骑着自行车去玻璃店，到了店门口，后背已经湿得透透的。女孩倚在一块蓝色玻璃上，绣着香囊。

顾晓宇冲到店里，在口袋里摸耳环。他的胸口也汗湿了，衣服贴着肉，耳环黏住了，掏不出来。他又怕弄坏了耳环，索性脱掉上衣，倒过来拎住衣服，将耳环倒在女孩手心。女孩看着那对湿滑滑的耳环。他说："戴上试试，这个耳环大，能挡住那条疤露出的尾巴。"

女孩说："你还挺细心，但你咋不看看我打没打耳洞？"

顾晓宇说："不碍事，你早晚要打耳洞的。"女孩说："可不一定，女孩子只为心爱的人打耳洞。"

顾晓宇很失落，低着头，慢吞吞地说："我也没什么好赔你的了。"

女孩将手里的香囊递过来，上面绣着七色牡丹，很精美。她说："祝你前程似锦，耳环我就收下啦，我俩互不相欠了。"

离开玻璃店，顾晓宇觉得那个夏天就像一阵风般过去了。

大学军训结束，又过了国庆和中秋，他一直到元旦才返回镇上。

到家后刚落脚，顾晓宇来不及脱书包，立刻骑车往玻璃店赶。书包的背带上有个手机袋，他将香囊挂在手机上，要去玻璃店给女孩留号码。

到店门口，他见老板坐那，女孩并不在店里。朝店内张望两次，他准备离开。老板突然抬头，认出他了，问他做啥。他不吭声，刚掉转车头，书包被老板揪住了。

老板扯下香囊，问："是不是冬云给你的？"他伸手去抢，老板退一步，解开皮夹克上的两颗纽扣，撸上袖管，一巴掌扇在他后脑勺上。他朝前跟跄了几步，老板又追上来踹车。他扑上去，和老板扭打了起来。

老板比他矮半个头，胖得肚子架在皮带上。不到十几秒，他就将老板打趴下了。

忽然，店内小隔间里冲出两个壮汉，是老板的牌友。顾晓宇来不及脱身，被两人摁住，老板爬起，取下皮带，抽了他一通。

这事闹挺大，半个街面的商户都看见了。

顾晓宇的父亲花钱雇了一伙混混，要为儿子讨说法。两边人在玻璃店打了起来，店里哐当哐当的，被砸了个稀碎。顾晓宇的父亲进去了3天，认赔了1万元钱。

父亲被关那几天，母亲套顾晓宇话："香囊是不是玻璃店老板娘送的？"顾晓宇说："我俩只是好朋友。"母亲又问起珍珠的事。顾晓宇不敢撒谎，只说："她送我香囊，我给她两颗珍珠，就是好朋友。"母亲沉默了一会儿，让他以后不要再去玻璃店，一回都不要去。母亲又说："那个女孩犯了错，被老板锁屋里了。老板是赌混子人渣，家里谁也不要去惹到他。"

顾晓宇追问:"她犯什么错了?"

母亲说女孩有点马大哈,国庆节刚生了一个小男孩,12月份背着孩子去庙后面的湖里玩冰,结果脱手了,孩子掉进了冰窟窿。出事后女孩不敢回店里,躲庙里哭了一宿,玻璃店老板那天又在牌桌上搞通宵,等第二天捞上来,那孩子已经冻得像块石头。

| 05 |

阳台上的夜景确实好,寻星镜架稳了,两人挨个将眼睛凑上去,星空流溢,看得人晕醉。

周队喝了一口鸽子汤,问:"咋学得这么浪漫了?"田璐不答,换了一下角度,让他观察另一个方位的星星。周队顺手搂住她,亲一小口,说:"良辰美景。"她没回应,只是顺势躺着。周队又说:"那边两位老人又来电话了,天天催着抱孙子。"她推开周队,说:"不都讲好的,歇两年再看。"

周队抓住望远镜,不聊。他看了一会儿,没了耐心,又换个角度,对准自己分管的监舍楼。倍数太高了,看得他双眼模糊。田璐帮他调小,视线逐渐清晰。

他见监房里一个犯人正在窗边压腿,立刻打电话给值班同事,问:"你们怎么看监控的,这个点还有犯人不睡觉,在那搞健身,不知道窗台上新刷了漆吗,蹭掉了咋办?马上要到监房卫生验收月,他把墙面弄个印记可咋办?"

一通批评讲完,他再看,那个犯人立刻消失了。

田璐给寻星镜上了盖，骂他扫兴，说好的赏星，又惦记起工作。他又一把搂住田璐，说："给你讲故事，你猜刚才那犯人做啥事进去的？"田璐斜靠在他肩膀上，盯着远处。他说："那人喝了几顿鸽子汤，判了4年。"田璐被勾起了好奇心，说："骗人，喝鸽子汤哪里犯法。"

周队说："这人打工的，他租住在6楼，6楼和阁楼都是房东的，房东把阁楼租给了一个信鸽爱好者。那位信鸽爱好者在阁楼的阳台上搭了鸽棚，养了几十只信鸽。每天早上，咕咕咕的鸽子叫，让他头疼。他的工作两班倒，夜班回到家，白天没有一个安生觉。更加令他恼火的是，有些鸽子喜欢空投粪便，他晒过的被子、衣物都遭殃了，他的窗户更是常常斑斑点点。但他是个性格内向的人，不敢和养鸽人吵，也不愿和房东反映情况，一辈子怕麻烦，就买了一把弹弓，那家伙自带红外瞄准器，神准。这人一共吃了24只，都是品种优良的信鸽，涉案价值5万，获刑4年。"

说完这段故事，田璐生气了，说："鸽子汤、鸟粪，凑一起都成犯罪事件了，我知错，领导批评得对，以后不在阳台晾被子了。"

田璐起身就走，周队不明白她怎么生气了，追去她身后道歉，说："这是真事，我就是讲给你好玩的。"田璐转身端走了他手上的鸽子汤，说："别喝了，喝了你也成犯罪分子。"

周队纳闷了，喊："咋这么翘气包了呢？"

晚上，田璐坚持将那条被雨淋湿后发霉的被子盖身上，把公被扔到周队身上。周队头一次发了火，将那条发霉的被子拎起来，丢到了楼下。田璐哭了半宿。

搬来备勤楼住了一阵，田璐还是放不下城区门脸店的生意。周队每天提早半小时起床，开摩托车送她去店里。

吵架第二天，两人刚到店门口，一个中年女人在马路对面朝田璐使劲招手。田璐瞥了一眼，扭头没回应，女人绕过护栏，跑进店里，喊田璐"冬云"。

女人是田璐的发小，她进城办事，正巧在路边碰到了。周队虽知道田璐改过名字，但陌生女人左一个"冬云"右一个"冬云"，还是令他有股说不清的滋味。这种感觉很别扭——马路上突然窜出的陌生人都似乎比他更了解妻子的过去。

他也不是没问起过田璐的过去，但他知道那里有伤疤，不忍追问。只是今天他被那一声"冬云"扎得不舒服，前一晚两人又闹别扭，他头一次觉得田璐的性情不可捉摸。

回去上班的路上，走到一半，周队忽然刹车，掉头重新开往城区。

车子停在了公安局门口，门卫拦住他，要他填表。他的来访理由填了"看同学"，这儿有周队一个警校同学，毕业后考上了刑侦岗，每次同学聚会，都是最气宇轩昂的几位之一。

说良心话，该同学是周队最不愿见的人。他在警校的外号叫"馊了的荷尔蒙"，一身腱子肉，黑壮好动，无论春夏秋冬，后背常常湿透透的，两腋散发着恐怖味道。此人在警校放的狠话太多，是个嘴炮筒子，很多同学都想看他笑话。他说什么考不上刑侦岗就退学搬砖，但人家真考上了。

周队和他两个人都爱看推理小说，一个天天誓死要考刑侦，另一个背地里也计划着第一志愿报考,加之二人同住一间宿舍,难免针尖对麦芒。

没一会儿,老同学从大门出来了,穿着一件训练背心,额头都是汗,伸着脖子辨认周队,认出后斜着嘴巴笑了笑。

周队给他递烟,说:"咋了,不认识了?有你这样瞅人的吗?"

话音刚落,老同学一巴掌拍过来,拍在周队肩膀上,打得周队身体软了一截,接着周队又被他搂到腋下晃荡一阵。

老同学大喊大笑:"周康啊,哈哈哈,少见少见。"

笑声刚落,他转而又把脸绷得很严肃,斜着眼打量周康,问:"啥情况啊?你不都进去了吗?怎么有空到我这来?"

周队说:"少胡说,什么叫进去了。来找你有点事,求你帮帮忙。"老同学丢了烟头,说等等,接着径直朝停车场去了。几分钟后,响起一阵摩托车引擎声。老同学骑着一辆警用摩托,停到周队脚跟前,他双手叉腰,耍着威风,说:"你这破车,再看看我这装备。"

周队白了他一眼,老同学大声招呼:"跟我走吧,吃饭去,边吃边聊。"

饭桌上,周队想让老同学查查田璐的档案,老同学直接拒绝,一点情面不留。

"亏你穿一身警装,一点公民隐私意识都没有,我不能给你瞎查,有制度规定。"

周队说:"又不让你查别人。"老同学想了一下,会意了,笑着问道:"田璐是你什么人啊?"周队没邀他参加第二次婚礼,他对周队这些年遭遇的变故并不了解,几次同学聚会,两人也没深聊过。

周队说:"你嫂子。"老同学"呸"了一句,说:"少来劲,你就比我大3天,这就摆上兄长的谱啦?"

周队跟他解释:"田璐以前遇到过很严重的家庭变故,有心坎过不去。但她平时比较文静,话不多,最近我们闹了小矛盾,不沟通。我想私下了解一下她的过往,心里有个数,以后知道怎么跟她相处,怎么好好待她。"

那天吃完饭,周队在老同学那儿查到了田璐的改名登记,她原名"田冬云",填写的改名理由是:家庭变故拖累我再嫁,改名为了继续新生活。老同学帮着查了田璐的"家庭变故"。

2001年12月19日,田冬云因照看不周,致使两个多月大的新生儿掉入冰窟窿而亡;2002年5月2日,田冬云被人劫持,丈夫在东昌玻璃店被杀。

两人都吃了一惊,周队还想细致看看案宗,老同学挡住他,说:"到此为止,看多了就超出我的权限了。你们既然结婚了,这些过去的事了解越少越好。互相迁就,互相关爱。"

离开老同学办公室,周队骑着摩托车在街道上游荡了一阵。他骑到实验小学的东南门,对面就是田璐的店。田璐正坐在店门口绣着东西。

周队忽然很心疼,他就地放了摩托车撑脚,徒手翻过两道护栏,冲到店门口。田璐吓了一跳。周队抱住她,说:"以后不惹你生气了。"

田璐回:"大马路口,快松开。你咋还没去上班?"

## 06

春节，顾晓宇一家去庙里敲钟祈福。

一家人排在队列中间，和尚向众人介绍着敲钟仪轨，而后去佛龛前取了一沓红纸条，每人派一张。顾晓宇接过来看，上面写着一段经文。

和尚让众人敲钟时耳闻心诵，众人跟着和尚去了钟楼。

顾晓宇眺望着玻璃店，店后门有两扇铝合金推拉窗，其中一扇里面亮着灯，那是店里的茶水厅，窗户半敞着，不时飘出一阵薄烟，里面一张圆桌旁围了八九个人在赌牌；另一扇窗户暗着，那是住人的里间。

顾晓宇盯着那扇黑乎乎的窗户，他知道那是女孩的卧室。除夕之夜，万家灯火，那扇窗户显得万分幽暗。

咚咚咚，梵钟九响，惊飞了庙里一群黄嘴黑鸟，各式烟花、鞭炮在空中炸响。

顾晓宇突然莫名躁动，特想见见那个女孩。他避开父母，出了庙，见门口有摆摊卖灯的商贩，挑了一支激光笔，绕到了那扇黑窗后头。

店后是条土路，白天雪刚停，一条条车辙印冻得硬邦邦，踩上去"咯吱咯吱"。顾晓宇放轻脚步，猫起腰绕过窗台，打开激光笔，照在玻璃上画圈。那支激光笔小拇指长，笔帽可以更换，每个笔帽一种形状，有桃心、五角星、月亮、太阳，还有卡通动物，光一打出去，就照出一种图案。

顾晓宇在玻璃上照出一个桃心，不一会儿，窗户支开一条缝，女孩探着头望了一眼，又迅速缩回去，问顾晓宇："你怎么还敢来？"

顾晓宇问："大过年，你不开灯，躲里屋干啥？"女孩推了下窗户，只留下一条拇指宽的缝隙，说："你别管了，回去吧，别被他看见，又要打起来。"

顾晓宇换了一个太阳图案的帽头，在玻璃上模拟日出日落。

女孩又支大了一点儿缝，说："你怎么不听劝。"

顾晓宇将光照到女孩脸上，窗户玻璃上反射着那团红光，女孩的脸也被照亮了一小团。她迅速缩回去，准备关紧窗户。

顾晓宇一把拉开窗户，撑着手跳进屋内，在墙上摸到开关，摁亮了屋里的灯。

屋里没什么家具，一张双人床，一张小木桌，一个桃木马桶，贴着淡紫色墙纸。女孩裹着一身棉睡衣，满脸青紫，愣愣地站着，眼里都是血丝。

顾晓宇问："谁打的？"

女孩捂住他的嘴，推他去窗边，央求他："你快走吧，别闹事了。"说完顺手关了灯。

两人在黑布隆冬的窗边站着，天空忽然又炸开一阵烟花，焰火一阵一阵，女孩的脸一会儿亮起来，一会儿暗下去。顾晓宇看清了她所有的瘀伤，心里搅得难受，他一把搂住女孩，抱在怀里。女孩没反抗，半边身体顺势软塌塌地贴在他胸前。

好一会儿，顾晓宇仍不松手，女孩一把推开他，说："你走吧，以后别来了。"顾晓宇又要上前，女孩绕开，说："你这样只会害我挨更多的打。"女孩拉开了窗户，还有零星的烟花在黑夜边缘绽放。

顾晓宇跳出窗户,飞奔到庙门口。他捡了一个哑炮,点着火,朝那扇亮着灯的窗户丢过去,炮仗崩亮了墙角,屋里打牌的人吵吵闹闹,谁都没在意。

| 07 |

每年劳动节监狱都会举办"值班狱警亲属开放日",周队刚入职时回家提过一嘴这事,母亲板了脸色,说:"那里头有啥看头,你爷俩一辈子在里头当差,还想把我拉进去沾晦气呀。"

当时刚怀上孕的前妻想去看看,周队偷偷给她报了名,回来后两人被母亲训斥了好久。

"我妈有点迷信,前面那桩婚姻不太顺,她背地里烧了很多香,嘴上不敢讲,心里头怪我带前妻进去过。"

眼下是他和田璐新婚后的第一个劳动节,他又赶上了值班,这回他没提开放日的事。但田璐不知从哪听说了这事,非要进去看看。结婚至今,他没一件事不顺着田璐的。这回,他只说嘴风千万要牢,不然母亲要骂死他的。

开放日的活动流程很简单,所有亲属挨个去岗位区探望自己家的值班狱警,然后再参观监狱的展览馆,最后集中在文教楼和值班狱警一起用餐。活动结束,狱方会给每位亲属发放节日慰问品。

田璐化了很精致的妆,像杂志的封面女郎那样,画的眉毛平直略带柔和的弧度,嘴唇涂成润软的桃红,又穿上一身墨绿色连衣裙,配一双小黑靴,耳朵挂上了一对珍珠耳环。她往空气里喷了两次香水，身体迎上去，又转过身问周队："咋样，给你长面子吗？"周队调侃道："犯人见了老母猪都是双眼皮，你搞这么好看，这是增加我监的安全隐患啊。"说完，周队捉住她那对耳环。右耳那只吊着三块金边小菱片，左耳的就仅是一颗镶了金皮的珍珠。

周队说："没见你戴过这副耳环啊，都变形缺损了，换一副吧。"田璐不肯。时间已不早，两人赶紧出了门。

3监区是箱包厂，押犯260名，主要生产购物袋。周队的职务主抓生产，开放日当天，他要去车间盯活儿，新接的单子工艺要求严格，尤其"包边"那道工序，容易出问题。

田璐和其余几十名家属在会见室集合，狱政管理科派了一个年轻的女警当讲解员、两名健壮的防暴警当护卫。一行人要参观24个监区，确保每人都能和自家的值班狱警碰头。

周队心里有数，按以往的路线，田璐到3监区时，就接近午餐时间了。那个点，他要带人去裁剪房交货，两人碰不上面。

3监区和4监区共用一个车间，中间砌了一道茶色玻璃幕墙。幕墙以前碎过，后来补上了，但有色差，一半是深茶色，一半是淡茶色。亲属们踏进车间时，首先会看见这道玻璃墙。周队去裁剪房时，玩了个小浪漫，他用记号笔在玻璃上画了一个大大的桃心，中间写上了"璐"的拼音。

等他忙完裁剪房的事，对讲机里呼他去文教楼参加会餐。

文教楼演播厅里摆了七八桌饭菜，中间过道架好了摄像机，等人齐了，政工科领导给每桌家属派发劳动节慰问品。周队和田璐坐在角落里，他瞧着田璐，问："看见我给你留的接头暗号没？"田璐摇摇头,说没注意。周队得意了,说:"骗子,你待会儿照照镜子,都感动了,妆都哭花了。"

田璐不说话,给他夹了一块肉。

慰问品是一盒顶级白茶,狱内茶场合作品牌,犯人采摘和炒制的。活动结束时,田璐将茶留给周队夜班泡着喝。周队送她至门口,再问:"真没看见我的接头暗号?"田璐摇摇头,让他好好上班,丢了魂似的,走远了。

周队摸不准田璐的情绪,有些失落,抱着茶回去劳务现场。刚到门口,他见玻璃墙已经擦干净了,板着脸问小岗:"谁让你们擦掉的?没看见是我画的?"

小岗汇报,4监区管教喊他们自己人擦的。

周队将茶盒放下,气鼓鼓地问:"这周走廊的卫生轮到哪家?"

小岗说:"我们3监区。"

周队骂道:"那他们狗拿什么耗子?"

4监区当班狱警靠上来,客气地问:"周队长什么情况,这么大火气?"

周队说:"这周的卫生是我们3监区负责,你们哪个人犯嫌,擦我们的玻璃。"

4监区狱警将他拽到一旁说:"上午亲属来参观时,有个穿连衣裙的女人在玻璃上留了一个口红印,4监区的犯人都骚动了起来,没心思干活了,只能叫人去擦干净。"周队忽然高兴起来。结婚至今,他还没和田璐这么浪漫过。

坏心情一扫而空,他笑着走开了。

夜班，周队在监控台盯了一阵，站到窗边抽烟。嘴巴抽干了，他又去泡了杯白茶，端着茶杯，想到田璐，心里酥酥痒痒的。回到监控台，他脑子里闪个灵光，调出了白天的监控画面。

他想将田璐留下唇印的画面截取下来，用U盘拷贝一份，留作纪念。

或许镜头上结了蜘蛛网，画面有些模糊。一排家属先后走进车间，田璐在队列中间，她的墨绿色连衣裙很显眼，整个人左顾右盼地往前挪动，慢慢地掉了队。

所有人先进了4监区，10分钟后又陆续走出，往3监区去。田璐走在最后，不停回身张望。周队调大了画面，发现她竟还抹了一次眼泪。其他家属走远后，田璐独自在走廊逗留了1分钟，双手抚在那面茶色玻璃墙上。

周队的"暗号"距离田璐站的位置有半米，她确实没注意过那个桃心图形。周队将画面调至最大，看见玻璃那面有个模糊的犯人身影。

3监区的副班民警走出来，唤掉队的田璐，也就在那一刻，田璐亲了玻璃一口，扭身跑开了。

周队将画面定格在那块红唇印记处，脑子嗡嗡响，后背像被斧子劈了一下，半身挺直。

顾晓宇戴着黑头套，被一群警察押着，来到玻璃店门口。

街面上很多人聚了过来，他听见熟悉的哭唤声，是父母，他们要扑上来，被警察拦住了。

顾晓宇扭身想找寻父母，黑套子歪了，他找不准眼睛洞，眼前一片潮湿，泪水黏住布套子，什么都看不见。

警察推他进了店里，拉上警戒线，给他摘掉头套。

店内一片狼藉，到处是碎玻璃。他戴着手铐，端着手进了里间，指着墙角处一套布艺沙发，说："摁在这里扎了两刀，第一刀在胸部，他卡住我的手腕，我挣脱后又扎了他的脖子。"

7日，镇上一拾荒老头在新安稻场的草垛里发现一具男尸。法医接到勘验任务后，迅速到达现场，发现尸体胸口和脖颈处有穿刺伤口，根据尸体的腐烂情况，推测死亡时间5天至7天。警方随即确认了死者身份，是东昌玻璃店的老板。同时，玻璃店老板娘田冬云失踪。

8日，顾晓宇向警方投案自首，供述了自己杀人抛尸，并劫持田冬云的犯罪经过。警方根据他的供述，在新安稻场一间废弃谷物加工作坊找到了田冬云，她被蒙住头，绑在一把竹条长椅上。

顾晓宇跟警方指认了杀人现场，法医也在那张布艺沙发上检测到大量喷溅状血液。顾晓宇向警方供述，因暗恋田冬云，1日夜间，他从玻璃店后面的窗户翻进了田冬云的房间，被其打牌归来的丈夫撞见。两人随即发生推搡，倒在布艺沙发上扭打。他情急之下摸到小木几上一把水果刀，杀了人。事后，他破罐子破摔，索性劫持了田冬云，让她帮忙抛尸，而后逼迫她在作坊陪自己躲了几天，警方发现尸体后，畏罪自首。

指认完杀人现场，顾晓宇被重新戴上头套，警方押着他去抛尸现场。警车开得很慢，顾晓宇听见后面跟着一群骚动的小孩子，还有结伴的妇女偶尔发出怪异的尖叫。他从车窗缝隙里瞥见了父母，父亲背着哭瘫了的母亲，两三个亲戚扶住他们，在人群最前面小跑着。

顾晓宇被关进拘押室很久，警方又接着审了他一个通宵。其实，顾晓宇指认现场之前，已将作案过程和动机交代得一清二楚。警方再审一遍，是因为那张布艺沙发。有死者的牌友反映，在东昌玻璃店打牌，从未见过那张沙发。

一个中年警察给他点了烟，让他反复讲5月1日那天晚上的事。顾晓宇讲了不知多少遍，嘴巴都讲干了……

劳动节假期顾晓宇本想待在学校，但父亲捕到了一条胳膊粗的黄鳝，母亲催他回去，要劈黄鳝血给他补身体。顾晓宇不太信这种民间偏方，而且他的体格足够健壮，超出同龄人两个码。不过他懒得和父母较真儿，还是回去了。

他的卧室在水产店二楼，一楼是两排玻璃池子，里面有各种鱼虾。那晚很燥热，父母在店里收购龙虾，死掉的龙虾都铺在一楼地砖上，一股热腥气窜到楼上，他待着难受，便夹本书出去瞎逛。

小镇巴掌大，但夜生活丰富，他走来走去觉得还是庙里清净，适合看书。到了庙门口，还没来得及跨过门槛，他望见了玻璃店后门的两扇窗户，立刻没了看书的心情，干脆踮着脚观望。

他发现女孩卧室的那扇窗户亮着灯，但玻璃上有一条三叉裂痕。

他朝那儿走去，挨近窗口，用手试着拉了一下，窗子没锁，刚开了一条小缝，玻璃瞬间碎了。他往后跳了一步，女孩透出半个头。

顾晓宇见她额头流着血,两条胳膊也是乌青发紫,便翻进去,问女孩怎么又挨打了。

女孩哭着说,丈夫让她站在窗边,用弹弓打她。钢珠弹丸打得她浑身是伤,也打烂了窗户。

顾晓宇气疯了,到处找刀要为女孩报仇。

顾晓宇给警方的口供上提到:那张沙发靠在东南墙角,沙发旁摆着一个木头小几,上面有半个苹果、几个梨、一把塑料柄水果刀。我说话声很大,老板出门打牌还没走远,估计听见声音了,撞门进来,我们就打起来了。我动了刀。

审完一个通宵之后,警方将顾晓宇转送了看守所,他和田冬云的口供一致,所有证据都很充分了。

| 09 |

周队为唇印的事憋闷。

夜班后,他没立刻回家,而是去了 4 监区办公室,找值班民警回看了车间生产现场的监控。他找准了站在玻璃后面的犯人,那男人身材高大,从屏幕中透出几丝英气。

他定格了画面,调大屏幕,问民警:"这个犯人谁啊?怎么能离开工位,站玻璃墙这来了?"

民警凑上来辨认,说:"这我们监区的顾晓宇啊,死缓犯,他是个大学生,工位挨着玻璃墙,怎么查问起他?"

周队没吭声。

他立刻离开4监区，直接去了狱政管理科，在那申请了档案室的门禁牌。整整一个上午，他都在和一堆牛皮纸档案盒较劲。顾晓宇的照片让他忽然想起那个雨泼雷鸣的日子，那个在暴雨中呆立的犯人。

下班后，周队没回家。田璐打了两次电话，他也没接，直接打车去了市公安局。

路上，田璐又打一遍电话。周队接了，田璐问他咋没回来。周队说约了人湖钓一会儿，下午回来。田璐说爬楼崴了脚，脚踝肿得迈不开步子，催他赶紧回家，领她去医院。周队愣了一下，前面"湖钓"的谎对付不下这事，他索性挂了电话，打算事后解释说湖区没信号。

到了公安局门口，他径直往里去，门卫老头拦住他，让他登记。他吼了一声："没看我也穿着警服吗！"门卫老头伸出一根铁棍般青筋毕露的胳膊，拦着他说："你就是穿一身上将军装也得登记，这是规矩。"

他和老头犟上了，往传达室一站，掏出手机打老同学电话。没一会儿，老同学小跑过来。他手一扬，说："到你办公室说事。"刚跨出一步，老头一把抓紧他的手腕，嚷道："今天就算局长出来，你也得给我登记了再进去。"

老头的手劲颇大，钳得周队手腕发痛。老同学挡开了两人，拿起笔代签了一下，拉着周队进去了。进了办公室，老同学拉一张椅子过来，周队坐下又站起来，急吼吼地说："给我查。"周围还有其他警员，老同学将他拽到自己工位，倒了一杯水过来，说："要死啊，这么大声。"周队将水一口气吞了，憋着劲说："给我查，查田璐前夫怎么死的。"

老同学打开电脑,鼠标点了点,然后转过屏幕,朝向周队,说:"你看看,这是我们的规章制度,帮你查情感私事,违纪,懂不懂?"

周队将屏幕转回去,说:"不就是罚款吗,钱我来掏。"老同学又转回来,敲着屏幕,说:"仔细看,情节严重,引起重大后果要追究相关警员的法律责任。"

周队说:"你不帮我查,咱俩绝交。"老同学笑着起身,又给周队倒了一杯水,说:"在警校那会儿,你可理智了,班里谁都说你比我强,肯定能当刑警。你看看你现在,都在里面沾了些什么习气。"

老同学说完,顺手正了正周队警服的领子。周队起身要走,老同学拽他坐下,说:"之前警校老师找我调阅案例,拿去课堂分析讲解。今天下午的课有个案例类似,你去找他了解一下。"

周队愣了一下,立刻起身走了。

等他赶到学校,案例分析课已经开始。他坐到最后一排,一堆复印好的案件资料分发下来,每两个人共用一份,分析课结束再统一上交。老师看见周队了,两人打个招呼,老师问他怎么有空来听课,约他课后吃饭。

周队起身跟老师握手,顺口单独要了一份资料,那上面有凶杀现场、抛尸现场、作案工具、物证、嫌疑人指认现场的黑白复印照,还有尸检报告和一张布艺沙发照,上面血迹斑斑。

老师说:"这桩凶案并不复杂,情感纠纷引发。"底下有同学小声调侃:十杀九奸。

周队快速看完隐去了姓名的案件供述和作案经过,猜到了田璐和顾晓宇的关系。

老师咳嗽一声,继续说:"今天主要讲解认定凶杀现场的办法。"他举了一下那张布艺沙发照,说:"死者在沙发上遇刺,沙发上的血迹呈现喷溅状,所以这个房间认定为凶案现场是没什么问题的。"

有同学举手,老师让他发言,同学问:"如果这张沙发是凶手从其他地方挪来伪装成凶案现场的呢?"

老师说:"这个问题提得好,确实存在这种情况。但这个案子已结案,想必警方就这点早已查清楚。但同学们还是要保持这种怀疑一切的态度。"

接着又有一个女同学举手提问,她指着尸体身上搜出的物证的照片,上面有个物品很奇特,是3块金色小菱片,由一个开口的小铁环串起。物证旁摆着码尺,这串小东西没有指甲盖大。

女同学说:"这应该是女孩饰品上的配件,资料上提到是在尸体衣袖里发现的,同时死者妻子的口供提到,死者生前对其进行了家暴,这个配件可能是在家暴过程中被死者无意拽落的。她的口供和凶手的口供吻合,但是你们仔细看这个配件的小铁环。"

周队顺着女孩的话,拿起资料,盯着看,发现那个小铁环锈迹斑斑。他立刻想到田璐的那对珍珠耳环,心里过了一道闪电似的,扑腾扑腾地乱跳。

女同学接着说:"这个小小的配件,在尸体身上存在了几天便锈迹斑斑,说明凶案现场或者抛尸现场是极其潮湿的地方。但凶手指认的作案、抛尸现场,从备案照片上看,两处都不具备让铁物质迅速生锈的环境,一处是在布艺沙发上,另一处是在稻草垛里,并且这东西是在死者干净的衣袖里发现的。"

老师抱着胸，鼓励女同学说出推论。

女同学说："案发现场并不在死者的卧室，或者，第一抛尸现场并不在稻草垛，尸体应该在潮湿的环境里停放过一段时间。"

老师带头鼓掌，教室内顷刻间掌声雷动。

掌声之后，有同学较真，建议老师去反馈这条信息。老师绷住了脸，说："上课是上课，办案归办案。这个案子已经了结，你说的这种情况，我相信办案人员也推论过了，说明这个案例的现实情况只有一种，就是那对耳环本来就生了锈。"

周队理解老师为何不愿意反馈已结案件的疑点，因为要推翻一桩铁案，必定会引发一场司法海啸。

周队没和老师叙旧，课未结束，他已不辞而别。出了警校大门，他一路狂奔，直到没力气了，又晃荡着胳膊在路边游走。他揪着自己的头发，后悔去找同学，后悔来听课。挨到天黑，周队才进了家门。

田璐坐阳台上，一只脚架在一张塑料小板凳上，寻星镜摆在面前。

他将门砰一声摔上，田璐回身瞅他一眼，问："怎么回事，一整天跑哪去了，关门还这么大火气。"他走到阳台上，田璐跷起脚，伸着给他看。那只脚微微红肿，涂了红花油，一股药腥味。他绕开，田璐再举高，说："你到底怎么回事？不就没看见你的暗号吗？至于这么小心眼。"

周队没吭声，端起寻星镜，瞅了一下4监区的监舍楼。田璐起身抢,说:"你把我好不容易找到的星位弄乱啦。"

他放下寻星镜,说:"明天搬家。"

田璐垫着脚追上来,问到底怎么了。他掉头,抓起那架寻星镜,猛掷了出去。楼下暗不见物,立刻传来砰一声巨响。田璐捂住嘴,泪水瞬间挂满了脸颊。

5月的夜风很暖,可那是周队新婚以来最冰凉的一晚。田璐在阳台坐了一夜,周队背对着她,侧卧在床沿,整宿未眠。

快天亮时,田璐主动说了声抱歉,说找个狱警嫁了,确属别有用心。高墙里有她挂念的人,两人不是直系亲属,不符合狱内会见规定,没见面的可能。她想更接近那个人,所以看了那期警嫂联姻会的节目后,找来和周队相亲。她说自己太自私、太天真,想要的太多了,要是周队这次能谅解她,她不能保证一辈子忘记那个人,但能保证一辈子不见他。

周队没吭声,爬起身点了一支烟,抽了一半,反手将她搂进怀里。他觉得怀中的田璐瘦弱得超乎想象,明明长了一张饱满圆润的脸。或许是他从未这样紧紧箍过她,也或许是她最近瘦了。他想到湖钓时意外捕获的水鸟,羽毛丰满,褪光毛后肉不及二两,令他后悔宰杀了这么一只可怜的鸟儿。

他捧着田璐的脖子,细细地看她耳根后面的伤疤。疤痕有小拇指长,弯弯绕绕,虽缝合得针脚细密,但愈合后周围滋长的肉芽凹一块凸一块,摸上去让他心里咯噔咯噔的。

他吻了田璐的额头,摸着她还未取下的珍珠耳环,问:"这耳环有年头了吧。"

田璐贴近了他,软绵绵地说:"就是一只缺了3个小菱片,是我唯一的一副耳环。"周队说:"质量还挺好,金光闪闪,哪都没锈。"田璐说:"以后不戴了。"周队心里传来一阵锐痛,搂紧她,说:"我们搬家吧。"

一早,周队请了半天假。他和田璐收拾完房间,叫了一辆三轮货车,要搬回开发区的新房。正忙得热火朝天,一辆摩托车开了过来,是那位刑警同学。

田璐那只肿了的脚好些了,她要去楼后面的草丛里找那架寻星镜。周队小跑过去,拽着她往楼上去,送了几步,嚷着让她进屋,不要下楼。

同学走了过来,周队挡在楼道里,问:"你怎么找这儿来了?"

同学看了看楼道里的大小箱子,一件冬装警服用衣套子装好,搭在箱沿上。他走过去,拎起那件警服,绷住脸,对着周队比画了一下,憋着话没讲。

周队下了一节台阶,咳嗽了一下,说:"你没事跑这来找什么茬?"

同学撂下那身警服,忽然朝前冲了一步,揪住周队的领子。他劲儿太大,将周队一下拎住送了几步,顶到墙上。田璐追下楼看,周队朝她吼了一句:"回去!"她又赶紧跑上了楼。

同学说:"周康啊周康,今天我在警队等你到夜里12点,你今天做的决定,要对得起这身衣服。"

同学松开周队,跨上摩托车,扬长而去。

10

顾晓宇想不到，案子过了这么些年后，死缓刑期改为无期徒刑不久，与案发时同样的5月份，刑警忽然入监提审，又给他戴上了一副铛亮的手铐。

他被移交到看守所，穿上橘红色号服后，去了提审室。

看守所的提审室都是格子间，四五平方米的毛坯房，中间焊接着拇指粗的钢筋栅栏。顾晓宇被锁在审讯椅上，对面5个警员。

几分钟后，一个魁梧的中年男子进来了，审讯室的门关上。男子喊了一声"顾晓宇"，问："还认识我吗？"

顾晓宇点点头。

男子是从前的办案警员，也是水产店的老客，顾晓宇父亲的好朋友。

"说说吧，别掖着藏着了。"

顾晓宇有些委顿，老半天才睁开眼皮往对面墙上睃了一眼。男子坐下来，点了支烟，伸过来。顾晓宇凑上嘴，嘬了两下，精神了些，反问："说什么呢？多少年的事情了，还有什么没说清的吗？"

男子伸手要来两份档案，一张张翻给顾晓宇看，有一份上都是"田璐"的签名，每个名字上面都摁着鲜红的拇指印。

"他们全说了，就等你这边了。"

顾晓宇很心虚，自从在车间玻璃墙那儿撞见了女孩，他激动之余产生了隐约的不祥预感。往事就像牢房天花板的墙皮，抗过8年的风雨，一片片翘边，稍有震动，又一片片坠落。

顾晓宇翻进那扇破碎的窗户后，看见女孩满身瘀青，瘫坐在地上。房内空无一人，床上铺满了衣服，所有的门都敞开着。女孩两眼直勾勾盯着他，像被抽掉了魂魄似的。

顾晓宇问她怎么了，她大哭不止。顾晓宇挨近她，发现她戴着那对珍珠耳环。她告诉顾晓宇，收到这对耳环的第二天，她就去对面的理发店打上了耳洞。丈夫每次输了牌，就逼她去赢家那陪睡，以此抵债，她每次怕得不行，就戴上这副耳环。

顾晓宇听后气愤万分，说要带女孩跑，远走高飞。女孩说没机会了，她决定不再活下去了。白天丈夫又逼她跟一个渔民睡觉，渔民在湖域有一间船屋，距玻璃店两公里。她不想走路，让渔民来店里办事。丈夫火了，逼她站到窗边，用弹弓打她。发完火，丈夫开着运玻璃的三轮货车，把她送进了渔民的船屋。她不肯脱衣服，丈夫冲进来，将她摁在一张布艺沙发上，扒她衣服，又打了她一个耳光，左耳环被打坏了。

船屋潮哄哄的，沙发边摆着一个木头小几，上面有水果和水果刀。渔民来劝架，女孩挣扎着摸到那只残损的耳环，不知哪来的勇气，抓起那把刀扎向丈夫的胸口，又扎了他的脖子。

渔民不敢报警，怕暴露了跟玻璃店老板打牌的勾当。他将尸体运到鱼舱，让女孩回家想清楚，要么趁晚上没人，把尸体运走埋了，要么把尸体拉回玻璃店，报警自首。反正不能连累了他。

顾晓宇听完女孩讲的这段白天发生的事，脑子嗡嗡的。

两人平静了一会儿，顾晓宇拉起女孩，说："走，先把尸体运回来。"

到了船屋，渔民借给他们一辆手推车，建议他们将尸体运去稻谷场，藏在稻草垛里。最近那儿要肥田，稻草垛都得点了，尸体正好顺带着烧精光，神不知鬼不觉。说完，渔民让两人看着办，然后又把那张布艺沙发搬出来，小木几也端出来，说："这两样也给我捎上扔掉。"

顾晓宇听了渔民的建议，将尸体连夜运到稻谷场，藏进了草垛里。他和女孩躲在一间废弃的稻谷加工作坊，把沙发和小几也藏在里面。

他们等待着农民烧草垛。其间顾晓宇回家一趟，借口有事提前返校，临走时偷了店里5000元钱。他计划等亲眼见到草垛烧起，就带着女孩逃去城里。

然而尸体被拾荒人发现，顾晓宇没了侥幸心理。他不想两个人都进去，便将沙发和小木几连夜搬回玻璃店，然后和女孩对好口供，将她绑在了作坊的竹条椅上，投案自首。

11

穿着一身警服，周队没有第二种选择。他唯一能尽到的丈夫责任，是亲自带着田璐去自首。

田璐没有掩饰、没有抵抗，甚至失去了任何表情。她跟一张纸片似的，被周队牵引着，换上舒适的衣服、运动鞋……

出了门，周队将摩托车开出来，强光照亮了一圈行道树，田璐站进灯光里，影子有半栋楼那样高。她蹲了下来，大声哭着。周队心里揪得难受，咬咬牙，轰了一脚油门，来到田璐身旁，乌拉拉的响声催促着她。她终于勇敢地站了起来，跨上车。

周队拧动车把，飞驰出去，他的耳朵里灌满风，眼眯着，看一排排树往身后栽去，那一瞬间，他感到四周黑暗，似乎有一棵树长进了身体，变成参天大树，要从脑壳上面伸展枝丫。

恍惚之间，这辆疾驰的摩托车已将他和田璐——两个带着伤疤的人，卷入了更幽暗的深处。

田璐因自首情节，获刑无期徒刑；顾晓宇变更为从犯，外加一项包庇罪，两罪并罚，改判为有期徒刑10年；渔民因包庇罪获刑2年，缓期执行。

田璐服刑第二年，因表现良好，改判为有期徒刑。拿到裁定书的当天，周队去探视，随身带着离婚协议书。

两人面对面，互相盯了一会儿。签完字，两人都笑了。周队率先打破沉默，说："幸好我们没孩子，不然以后可咋跟孩子说。"田璐说："对不起你了，好好再相一个。"

会见时间有半小时，两人还是互相对望着，没什么多余的话要讲。临走时，田璐解释了一句："其实也不是不想和你要孩子，说真的，即使跟他（顾晓宇）我也不要。"

周队看着田璐，预感她还有后半句话。

田璐说："我其实不配做母亲。"

半小时会见时间到了，田璐丢了电话，呜咽着扭过身去。

当晚，周队做了个梦，梦里出现了一个女人，轻轻地告诉他，玻璃店老板是个骗子……

## 父爱无疆

11月1日,是老吴所在单位的50周年纪念日。那块30多万平方米的土地从最初的茅草房,到如今试行安装智能化监管系统的楼房,50年内经历了剧烈的变化。

"警龄20年往上的,没人不知道1992年枪击案。"

老吴说起的这起案件,发生在狱址后山的林场。两名持枪歹徒闯进家属楼,劫走一名狱警刚满月的女儿。劳务科科长带武警追击,在林中身中两枪牺牲,歹徒则逃之夭夭。

案件在10年之后才得以侦破,那名狱警的人生屡遭重大变故,成了生活难以自理的帕金森患者。

有个特殊的团体叫"92",5名团员都是这名狱警的同事,他们共同承担起了照料他的责任。

在老吴牵线下,我采访到了"92"团员中最重要的一位——

朱杰。

他告诉我:"我们5个人,都在'92'案上心怀一辈子的愧疚。"

| 01 |

朱杰双眼皮,长得像唐国强,1970年生人,师专毕业,近视800度,自嘲离了眼镜就是残障人士。

"当年这也是个苦差事,但比农村教师的饭碗硬。"

朱杰任职不久,正巧赶上"罪犯大扫盲"的教改活动。他的专长有所发挥,获得不少教改成绩,犯人们都喊他朱老师。

1992年,他被列为储备干部,要调去外省学习。就在领导签批的当口,监狱后山发生了枪战。

枪击案之后,监狱领导班子换了好几拨,朱杰也错失了深造的机会。

后来,朱杰在劳务监区带班多年,同事们来来去去,当年共同经历枪击事件的人只剩5位。

朱杰拉着大家成立了一个团队,共用一个心照不宣的代号——"92"。

"92"团聚通常两件事,第一件是去探望张队。

这位当年痛失爱女的狱警得了帕金森,手和脑袋抖得厉害,行进困难,口齿不清,只有一双眼睛是澄亮的。每回"92"前来,他都会从房间艰难地走出,抓住走廊的扶手,提前守候。他记不清每位"92"的名字,总是随便抓住一位,打听案件进展,然后部署在脑子里盘桓了很久的寻女方案。

有时计划是重复的,有时又是他新设想的方案。

张队的日常起居靠一位50岁的女保姆照料,保姆的工资从"92"团费里出。他的妻子早已改嫁,签离婚协议时,正是他病情恢复最好的时候,字一签完,就再没了康复的可能。

有位细心的"92",给每人准备了一条手帕。

"92"中不管是谁,但凡被张队抓住,将是一场吃力的对谈。用手帕及时擦去张队嘴角不断溢出的口水,是很有效的安抚方式。

第二件事是去墓园"寄钱",那儿埋着劳务科科长。

"92"们在墓前敬酒、薅草、焚香,每回离开前的寄语都是"早日破案"。


直到2002年春季,破案的消息传来了。

那天大雾,朱杰交接班之际,有团员急匆匆找他。那人上气不接下气,拽着他就往监狱大门跑去。

监狱外停着一辆出租车。

"92"全员都到了。车上没位置了,朱杰硬挤了进去。车门一关,有人公布消息:

"那人抓住了,张队的女儿找到了,还活着。我们去看张队,一起庆祝。"

大家兴奋起来,有人感慨:"这10年就跟撕了几张日历纸一样轻巧,说过去就过去了。"有人立刻回应:"那天的枪声都还能听见呢。"朱杰也跟着叹气,说:"满月酒那天,你们还记得不,就在这,科长抱着那女孩,她还在棉裤里拉了泡屎。"

大家都笑了,笑了一会儿,每个人的脸都僵住了,集体陷入了1992年那个无尽的长夜……

| 02 |

当年,监狱保障房刚竣工,楼后26公顷的林场便被劳务科承包了,他们要将山上的杂木伐空,穿插栽种桉树。

朱杰23岁,正巧转正,赶上了购房福利,掏3万元钱买了套63平方米的小两居,房间正对林场。那段时间伐木队的活儿日夜连轴,朱杰嫌噪声太大,搬回父母那住了一阵。

有天回来,他站在阳台抽烟,正巧撞见楼下303房间一对男女吵架。

女人抱着一个婴儿,对着男人咆哮,说:"交房已经2个月了,还不操心装修的事,女儿的满月酒也拖到现在。"

朱杰认识他们,男的是伐木监区的张队,女的是他爱人。

伐木的工期很紧,张队带着50个囚犯加班加点,两班连倒。狱内报纸上还登过他的事迹,报道就是朱杰写的。

张队被爱人训得连连点头,朱杰看乐了,第二天去跟劳务科4个同届警员八卦,说别看张队当过兵,1.8米的壮汉,但尿包一个,怕老婆。

玩笑话被劳务科科长听见了,他和张队是战友,立刻训了大伙一番,说:"你们年纪轻轻,刚参加工作,怎么就这么爱嚼舌头。"

作为惩罚，科长领着他们去给张队的房子铺地板。

地板都是林场现成木材加工的，没买的规整，铺起来费劲。张队的屋子110平方米，几个人铺到天黑，累出一身汗。张队没回来，他爱人买了菜和酒招待大家。科长抱着张队的女儿向大家展示，说这是他的心肝宝贝干女儿。

"那孩子不到2个月，长睫毛，小嘴巴，俊俏得很。"

发生枪击案的前两周，张队难得抽空，办了女儿的满月酒。那天没排班的同事都去了，朱杰跟着科长一道赴宴。

"张队结婚很晚，37岁才有了女儿，就在家里摆了3桌，请的都是熟人，现场太闹，拼酒的人太多。"

科长带朱杰赴宴，是叫他帮张队挡酒。结果，科长和张队倒拼了起来。

两人拼了七八两，张队说："科长，你给我派点人，伐木队人手不够。"科长说："快让我抱抱干女儿，别说派人，我都可以去帮你砍木头。"

大家跟着起哄，张队的爱人将女孩放进科长怀里，科长刚抱上，女孩就在棉裸里大便了。众人调侃科长："干女儿抗议了，干爸没包钱。"科长当即封了红包，众人都来敬酒，恭贺他和张队。

科长高兴了，找了各种理由碰杯敬酒，张队也跟着起哄，两人拼个没完。朱杰觉得再喝下去，两人都得发酒疯，赶紧劝开了他们。

科长拖住朱杰的袖子，给张队拍胸脯，说："这小朱，我明天就安排他抓'壮丁'，挑年轻的，给你送过去。"

当时，入监队确实刚收了一批新犯，23人。按规定，他们要完成入监教育，之后才能下队劳改。科长要将人直接分去伐木队，朱杰来不及给这23人做入监教育，只能遵照指示。

"我悔到现在的一件事，就是不该将王文分去伐木监区。"

朱杰对张队怀有歉意，这也是他成立"92"的原因。他至今悔恨，当初没从23名新犯中剔除那个叫王文的。

王文块头大，白白净净，太阳穴上斜着一道伤疤，因包庇罪获刑2年。

他哥哥是个通缉犯，牵涉一桩持枪抢劫案。抓捕过程中，警方摸到一条消息，此人即将跑路，要和弟弟见最后一面。于是警方提前控制了王文，审出了他和哥哥的约见地点，在那儿守株待兔。

他们约在一处废弃的铁皮工棚，周围枯草丛生，背靠几座荒山。办案民警的注意力都放在他哥身上，有个年轻警员警惕性不够，给王文上手铐时少摁了一格齿。结果，王文挣脱手铐，撞碎工棚的玻璃窗，跳窗而逃。

他并不是真跑，而是故意绕着警方的布控区大喊大叫，给哥哥释放撤退的信号。撞窗时，他的太阳穴上嵌入了一块玻璃，血流了一地，没跑多远，就被警察摁住了。

但为时已晚，警方搜尽方圆5公里的地方，都没发现他哥哥的人影。

王文被分去伐木队两周，枪击案发生了。

那天傍晚，朱杰带着犯人清扫狱内主干道。林场突然传来啪一声巨响，杉木间几只大鸟慌乱蹿至空中。几个扫地的犯人开始议论，有人说，谁在林场放鞭；另一人说，是枪声，可能谁在打鸟。

朱杰问那人，咋听出来是枪声。那人说："我就是倒腾那玩意进来的，枪响和鞭炮响完全两种音色。枪声干瘪，像空旷的地里抽鞭子。"

朱杰心里慌慌的，预感到林场出事了。他张望了一下四周的八角岗楼，上面已经聚集了三五个武警军官。

接着，狱内警报突然拉响。

朱杰催着犯人收工，走出去不到50米，各监区都吹响了收工哨子，哨声此起彼伏。生产车间拥出乌压压的犯人，他们全部被锁回监房。好多狱警在路上小跑，一起往狱外的行政楼聚集。朱杰的对讲机里响声不停："各监区民警集合，各监区民警集合……"

朱杰跑到监狱门口，见伐木监区的犯人被武警押了回来，齐刷刷抱头蹲在墙角，张队正抱着点名册核查人头。公安和武警已将行政楼前围得水泄不通，两位中尉正在下达命令，几十名配枪武警迅速出发，快跑进了山林。

朱杰往人群里挤，见书记举着高音喇叭，站在石阶上喊话：

"保障房里闯进了持枪歹徒，附近的菜农反映，劫走了一个抱小孩的妇女。这个妇女是谁，菜农没看清，有可能是狱警家属，你们快回去看看。劳务科科长先一步带人进山了，武警和公安的同志也赶来支援了。"

朱杰当时没成家，平时也不住保障房，便赶紧跟着武警进林子搜寻，但手上没武器，走到半山腰他忽然后怕起来，觉得还是做后援工作稳妥。这时，他撞见一群妇女，她们"张队，张队"叫嚷着，往监狱门口冲过去。

他拦下一个，妇女问他见到伐木监区的张队没。他说："张队带犯人收工，在里面清点人头，没出来。"妇女喊："他家出大事了！两个人抢走了他媳妇，他媳妇手里还抱着孩子。"

朱杰用对讲机呼叫："张队，张队。"

没一会儿，天色黯淡了下去。朱杰见张队往山腰跑来，刚跑到他面前，山林里响起一阵枪声，一大群黑鸟从枝头蹿出去，夜空里到处是腾飞的黑影。张队气喘吁吁，愣了一会儿，继续往前冲，嘴里嘀咕着："芳芳，芳芳。"朱杰从路过的农民手里借了一把镰刀，紧跟其后。

两人又跑了200米，撞见武警抬着一个人从山上冲下来，那人满面是血。天快黑透了，朱杰凑上去，想看清伤者是谁。武警嚷着："让让！"

伤者穿着警用衬衫，胸口处洇开一大片血迹，经过两人身旁时，他的手努力扬了起来，唤了几声："张队，张队。"

两人听出来了，是科长。

张队立刻掉头，跟在武警后头追，问科长："你感觉怎么样？我爱人呢？芳芳呢？"科长垂下手臂，喉咙发不出声了。两名武警跑得飞快，前面横过来一辆警车，科长被送进了车里。

张队再往回跑，林子里又传来几声枪响，他停了两步，愣愣地望着山林。此时，山上又下来一群武警，抬着一个妇女往下冲。女人披头散发，身上也挂了血。张队认出是爱人，追上去，问："芳芳呢，芳芳呢？"爱人扑进他怀里猛哭，武警抢回来，要先送人去医院观察。

山林里又响起枪声，张队身体一晃，跌坐在地上。朱杰索性背起他，跟着武警往医院跑。

进了医院，张队瘫在长条椅上，两三拨公安都觉得不是做笔录的时机，来了又走了。他的爱人躺在病床上吸氧，科长则被从抢救室推出来，脸上盖着白布，十几位亲属围着急救床一路号啕，几名护工推着床小跑，撞开了太平间的门。亲属们追到门口，瞬间爬跪一片。

有一群同事不断推开医院的弹簧门，在大厅宣告案件的进展。

消息陆续传进医院，过了半夜12点，最后一条消息来了：搜捕了半天，两个歹徒还是逃出了山林，武警去山下设卡了。

张队突然跳起来，冲过去抓住同事，使劲摇他的肩膀，问："芳芳呢？芳芳呢？"朱杰上前搂住他，劝着："张队，他们说了，没发现尸体，还活着，还活着。"

枪击案后，参与追捕的武警反映，劫匪曾在枪战过程中提过条件，要挟狱方释放伐木监区一名叫王文的犯人。公安将王文带走审查，狱方很快得到案情反馈，两名劫匪之一是王文的哥哥，也曾在监狱服刑，出狱已经4年。

但不久，王文又被送回了监狱，他对此事一无所知，被警察排除了串通的嫌疑。

监狱立刻开展内部大翻查,所有犯人被锁在监区,60名狱警成立临时侦查队,逐一审问全监1600个囚犯。

目的只有一个,揪出向王文的哥哥传递张队家庭信息的犯人。

另一面,张队揪住王文不放,人前脚刚回来,后脚就被他丢进了禁闭室。劳务科4个年轻警员也要为科长讨说法。他们以审讯为借口,给王文上了手段。

谁也不知道他们对王文做过什么,但王文在禁闭室待了不到一天,就在医院的急救室失去了脾脏。

5人都被刑拘,张队把责任往自己身上揽,不想让4个年轻人葬送了前途。公安那边也很同情张队,但法不容情,张队还是被脱了警服。未等到开庭审判,张队从家里的床上意外翻倒在地,先是中风,而后患上了帕金森。

此时,监狱已经揪出了内鬼。

那是个获刑无期的涉枪犯,服刑期间认识了王文的哥哥。

王文的哥哥认枪犯为大哥,想着出去之后弄几把枪玩。王文的哥哥出狱后,两人常有书信往来,使用隐晦的暗语交流,狱中虽有书信检查的程序,但管教对此把关不严。

王文的哥哥重获自由后不久,拉着一位狱友犯下几起持枪抢劫案,一直被警方通缉。王文入狱后,他找枪犯打探消息,最终得到了"王文分在伐木监区,伐木监区负责人姓张,老婆孩子住家属楼"等诸多消息。所以,王文的哥哥才策划了绑架狱警亲属交换王文的犯罪计划。

王文的案子其实很小,2年就能刑满。哥哥之所以制订胆大包天的营救方案,其实是向警方挑衅,没想到将事情搞大了。

这堆事后消息,令朱杰内疚、自责。

当初,他如果对王文做清楚入监教育,王文的哥哥这条线索完全可以提前排摸出来。而且,狱内的通信制度管理不严格,他也难辞其咎。枪击案发生的当口,他早已接管了狱内信件审查工作,当时他一心念着调去外省的深造机会,放松了这项不起眼的工作。

| 04 |

2002年春季,朱杰在狱门口登上了满载"破案喜讯"的出租车,"92"团员们兴奋地去见张队。但大家扑了空,保姆告诉他们,张队前妻陪他去了外省,两人要在那抽血鉴定,认回女儿。

等待张队归来的这段时间,朱杰联系了公安那边的同学,打听到"92枪击案"的案情。

据同学反馈,警方抓住的嫌犯并非当年的持枪劫匪,而是早已刑释多年的王文。

1994年,王文出狱后和哥哥重建联系。枪击案发生后,王文哥哥的同伙中了枪,死在了逃亡的路上。案子闹太大,他放弃了营救王文的计划,但一直把小女孩养在身边,想当作最后的筹码。

他躲了两年,准备等王文出狱后一起偷渡出去,带王文加入黑帮。听说王文在狱中被摘除脾脏的事后,他很气愤,要求王文亲手杀了女孩。一来,为死去的那位同伙报仇,二来让王文没有退路,跟他这个哥哥一条道走到黑。

兄弟俩抱着小女孩到了一处农田，不过王文杀女孩时没开枪，只是用枪托砸了女孩的后脑勺，然后把她埋在农田的粪坑里。离开时王文心里有种很慌的预感，没多久他又独自偷偷返回，那女孩果真命大，没有死，王文又捞了出来。

为了不被哥哥发现，王文一逃8年。哥哥则在偷渡的过程中露了脏财，被蛇头黑吃黑，死在了黑船上。

2002年3月末，王文在黑旅馆用啤酒瓶打死一名失足女，藏尸床底。警方不久后在其租住地将他抓获，并在屋里找到了已经10岁的小女孩。王文的杀人动机，是因酒后失言，跟失足女说了"女儿"的秘密。失足女借机敲诈他多次，他忍无可忍，将失足女约去黑旅馆灭口。

8年间，他四处打工，居无定所，好多次想将女孩遗弃，但两人之间渐渐有了感情，女孩一直当他是父亲，他也为此编造出一个离家出走的妻子，借着小蝌蚪找妈妈的故事，安抚女孩对流浪生活产生的坏情绪。

经过亲子鉴定，张队认回了女儿，但前妻不愿承担抚养责任。那女孩已经10岁，头骨凹进去一块，说不出完整的话，也不会行走。

"92枪击案"以这种"节外生枝"的方式，耗尽10年光阴，意外侦破。这样的结局并不能真正抚慰人心，张队的人生仍旧不断被推向低谷。

从37岁到47岁，整整10年，他一直在苦等一个结局，代价是妻子再婚，自己的病情恶化。他的身板渐渐佝偻，头发全白，手脚和脑袋越发高频率地颤抖，看上去和六七十岁的老人无异。

原本张队的起居生活靠每月900元聘用的保姆照顾，认回女儿后，保姆的工资涨到1200元，人还是留不住。

之前的张队自觉、脾气好，易于料理，保姆的活做起来舒心。女儿回来后，张队变得格外挑剔。有次因女儿打翻了奶瓶，保姆未及时收拾，女儿被玻璃刺了手，他竟颤抖着举起三角拐杖，要敲保姆的头。

保姆走后，"92"团每天要派人去料理张队那儿的杂事。朱杰找张队的前妻沟通过几次，希望她承担一些抚养责任。她表示要等案件宣判，法庭认定抚养责任，并且落实民事赔偿后再插手此事。

枪击案无疑重创过这位母亲，朱杰也能理解她对亲生女儿的这份薄寒，仅是为了维护重组家庭的安宁。毕竟，她再嫁了精明的烟酒店老板，那种家庭不会轻易容纳一个残疾的孩子。

一起生活了2个多月，张队和女儿的关系越来越僵。

六一儿童节，"92"团员去给女孩过节。朱杰花半个月的工资买了零食、玩具，其他人也带了不少东西，一车人闹哄哄地赶了过去。

大家刚进屋，就听见碗碟摔碎的声音。女孩正坐在躺椅上哭闹，张队捂着额头坐在地上，血从指缝里漏出来，地板上到处是泼洒的白粥。

女孩不愿喝粥，发脾气的时候，朝张队丢了碗筷。

众人将张队搀起，还没等大家开口教训，女孩自己哭了起来，样子很凶。

谁都看得出来，女孩讨厌张队，她只认那个爸爸——王文。

那天,朱杰组织大家一起铺设软垫。屋里一对行动不便的父女,谁摔坏了都是大麻烦。

软垫选了粉红色,铺设过程中有人感慨,10年前就一起在这铺地板。所有人听后不约而同地叹气,朱杰说:"真想回到那天,谁都没离开过这间屋子。"

5个人都明白这句话的含义,如果时间停在那个欢声笑语的夜晚,就永远不会触碰林场枪击案。

2002年11月,距枪击案发生已经10年零6个月,王文的案子开庭。

"92"团员都去了,朱杰瞥了一眼被告席上的王文。与10年前白净的样貌完全不同,他的脸就像一颗硕大的丑橘。王文嘴唇发紫,说话时忍不住咳嗽、吐痰,法官特意为他准备了痰盂。

案件并未公开审理,前来旁听的都是案件亲历者。"92"团员们围着张队坐在最前排,张队有些激动,嘴唇抖得厉害。朱杰取出手帕,几次为他擦干净口水。

公诉机关指控王文两起故意杀人案和一起绑架案。

2002年,他杀害了一名33岁的失足女,藏尸黑旅店床底;1994年,他对2岁的张芳芳(王文给女孩起名李琴,后被张队改回原名)杀害中止,但造成张芳芳头骨缺陷的重伤后果。

他隐瞒张芳芳身世、收养张芳芳的行为,让他成了哥哥的帮凶,因此被认定为绑架案从犯。

公诉机关建议判处王文死刑。

朱杰听到这儿,抓紧了张队的手。"92"团员中略微骚动,他们互相对视，一脸振奋。此时，王文的指定律师发言了。

律师摊开面前的一沓线格纸，举给大家看了一下，每张纸上只写了两三个字，字形扭曲、硕大，力道戳透纸背。

律师介绍，这是一份耗费了极多时间、极大力气写成的谅解书。写它的人是谁呢？律师指了一下旁听席的张队，张队颤巍巍站起，跟法官鞠躬打招呼。"92"团员都傻了。律师接着发言，说作为王文的指定辩护人，他没准备太多辩护词，只想读完手上这份谅解书。

他给众人展示了谅解书的页数，有100多页，但能识别的字数不及300字。

大概意思是，张队答应了女儿，要带她见她的"王文爸爸"，但又不能带她来开庭，真相还瞒着她。如果王文被判处死刑，张队对女儿的承诺就要落空。因此，他给伤害女儿的罪犯写了这份谅解书。

律师读完，放下那沓纸，感叹这是一份"父爱无疆"的谅解书。

2003年4月，案件宣判，王文一审被判处死刑，他当庭表示放弃上诉，并且愿意捐献器官。闭庭时，他在法警押送下，朝旁听席的张队磕了头。

"那一刻，张队站起来，站了很久，抖了很久，怎么拽都不愿坐下。"

所有人都聚上去安抚张队的时候，他流泪了，无声地哭着，泪水挂满脸颊。"92"团员都掏出了手帕，他忽然哭出声了，声调浑厚，法庭响起阵阵回音。

朱杰朝所有人低了低手，示意大家放任他哭一阵儿。此刻，所有人恍然大悟，10年间，这是张队头一回落泪。

谁也不能真正体会，他迟来的哭声里，到底包含着什么。

| 后记 |

2009年，张队突发脑梗住院，7天后去世。5名"92"团员聚集在重症监护室，大家一起鼓励张芳芳喊张队"爸爸"，试图唤醒一线生机。

女孩摇摇晃晃，努力了半天，发出几句模糊音，"爸爸，爸爸"地叫着。张队并没醒来，但"92"团员们集体确信，他应该听见了。

张队去世后，发生了两桩让"92"团员略微欣慰的事。

第一桩，前妻主动接管了张芳芳，承担起照料女儿的责任。因此，"92"解散。

第二桩，那间110平方米的房子涨了价，芳芳的生活有了基本的保障。

遗憾的是，张队没能抓住这份迟来的慰藉。

# 寻 妻

## 01

2002年9月，某个凉爽的清晨，31岁的陈瘸子去了县城的理发店。

店员刚刚上班，正在店门口卸门板。晨光透过门板缝照射进昏暗的理发店里，店里亮堂了起来。

理发店的四周用方形的白瓷砖贴了半墙，石膏吊顶的天花板上装了几盏长条的日光灯，两排镶有梳妆镜的理发台边沿贴着几张发黄的明星海报。

陈瘸子躺上一台刷了白漆的理发椅。

店员："陈瘸子，这么早来，集市还没开始呢。"

陈瘸子："前几天讲了门亲，和她背着家长在集市上见见。你帮我把脸上的胡子都修修,整干净利落点。"

店员:"你这样子,怕是女孩还得被你吓跑。"

陈瘸子:"再给老子废话,我打你个龟孙。"

店员:"中,我给你弄个最时髦的发型。"

照着海报上男影星的发型,店员给陈瘸子做了精心的修剪。走出理发店,陈瘸子去了县城的百货商店。

百货商店内,女店员正站在凳子上清理货架。觉察到陈瘸子的到来,女店员突然转身,朝自己的身后骂了起来。

女店员:"要不要把你那条腿也敲瘸了,你离我屁股这么近想干什么?"

陈瘸子:"给我称半斤米糖,再拿两个蜜橘罐头。"

女店员转身去给陈瘸子拿商品,嘴巴里骂骂咧咧。

女店员:"下次离我再这么近,我把屁放进你嘴里。"

陈瘸子接过商品,掂了掂重量。

陈瘸子:"没给我少称吧?少了,我就挖你屁股上的肉。"

女店员拿起柜台上的鸡毛掸子朝陈瘸子掷去,陈瘸子走出店铺,走进了刚刚热闹起来的集市中。

一个摊铺上摆着几个贩卖的音箱,里面正播放着《路边的野花不要采》。陈瘸子慢慢靠近,在音箱上踢了两下。

卖音箱的商贩大声喊:"不买不要碰,懂不懂?"

陈瘸子大声喊:"你这东西,多少钱?"

卖音箱的商贩喊:"60。"

陈瘸子喊:"40卖不卖?"

卖音箱的商贩摆手叫陈瘸子离开,陈瘸子向人流的深处走去。

陈瘸子走到电影院门口,集市已经热闹了起来。他的周围全是小吃摊铺,热气蒸腾,叫人视线模糊。他踮着脚在人群里张望,看见电影院的水泥台阶上站着一个身材娇小的女人,他赶紧挤身朝那儿走过去。

女人梳着长辫,绑了大红色的头绳,身上穿着一件粉色衬衣。她回过头来,狐疑地看着陈瘸子。

陈瘸子:"你比我早到啊,没等太久吧?"

他费力地站上台阶,手上的礼品一并递给那女人。

女人:"陈瘸子,你姑姑可没说你腿脚的问题。你以后别联系我了。"

女人拒绝了他的礼品,从电影院台阶上径直走下去,侧身隐没进赶集的人流中。

陈瘸子拣了一块米糖放进嘴里,边下台阶边哼唱:"送你送到小村外,有句话儿要交代,虽然已经是百花开,路边的野花你不要采……"

他走下台阶,提着手中的米糖和罐头朝一条空僻的小巷走去。

阳光从聚满爬山虎的墙壁上灌下来,陈瘸子走到了巷弄的尽头,他抬头盯着满墙翡翠般的叶子发呆。

他自言自语:"我这只脚也是为了救人被撵断的……"

陈瘸子想起一些不堪回首的往事片段:一个横穿马路的男童,一辆拉着货物的重型卡车因为视线盲区正要撞向男童,陈瘸子一把推开男童，两人摔倒在路边，卡车从陈瘸子的右脚踝驶了过去……

从痛苦的回忆中清醒过来，陈瘸子继续自言自语："老天爷你这么不待见我，我都31岁了，你再不让我娶上媳妇，我就上山当和尚了。"

话音未落，一只枯瘦、污秽的手突然朝陈瘸子拎着的米糖伸了过来。陈瘸子吓了一哆嗦，回头一看，跟前站着一个披头散发的女人。女人衣衫褴褛，用短木棍挑着一个破旧的蛇皮袋，蓬乱的头发几乎覆住了整张脸，一看就是经历了多日的流浪。

陈瘸子："你个疯婆娘，吓老子一跳，滚一边去吧。"

流浪女吓退了几步，蜷身蹲在了一处青石阶上，乌黑的眼睛惊恐地盯着陈瘸子。

陈瘸子："想吃我的米糖啊？说呀，是不是想吃？"

陈瘸子拎着手中的物品慢慢逼近流浪女，流浪女伸着手向他讨食的时候，他又把袋子收了回去。

陈瘸子："老子凭什么做好人？老子就是做好人做亏了。"

陈瘸子转身朝巷子的出口走去，没走出巷子，他又回过头看了看流浪女，伸手从袋子里掏出一把米糖扔给了她。流浪女迅速起身，捡一颗吃一颗。

陈瘸子叹了口气，感慨道："怎么样的人不是活？"

他拧开一个罐头，放在流浪女的身边，一瘸一拐，走出了巷弄。

集市周边村庄的烟囱里已经有袅袅炊烟飘出，陈瘸子走到村口的池塘边。正午的阳光依附在水面的鄰纹上，泛着稀薄的余芒。陈瘸子蹲到水边，看着水中的自己，回想起村里的马脚（迷信的老太婆）给自己相面的话语："你额上断纹，两耳焦黑，近期诸事不顺，万事皆防。"

陈瘸子觉得马脚婆的话很准。他把手伸进水里搓洗了一番，洗净了拧开罐头时沾上的糖水。洗完手，他突然发现流浪女已经尾随他进了村庄，正躲在水边一棵白杨树后面怯生生地望他。

陈瘸子起身之后径直朝流浪女走去。

陈瘸子："你过来，你过来。"

他提着米糖朝树后面的流浪女招手。

陈瘸子："都拿去，别跟着我了。哪来哪回。"

他将食品放在地上，转身朝自家的屋舍走去。

陈瘸子的房子是4间连在一起的黄土房，因为曾在暴雨中坍塌过，其中一间已经修缮成了砖坯房。他独自住在砖坯房里，其余几间破旧的土房用来养猪以及存放农具。

陈瘸子进了厨房，愣愣地站在灶台边。灶台上蒙着一层厚厚的褐色灰尘，存放筷子的木桶已经被老鼠嚼烂了底座，一堆木碎渣浮在水缸的面上。看着四处凌乱的屋子，陈瘸子无心做饭，他打开木制的橱柜，将里面一碗发黑的馒头端出来咬了几口。

1年前，陈瘸子的父母因病双双过世，这4间农房便越来越不像样子。住在邻村的姑妈偶尔会帮陈瘸子收拾几下，每次面对这乱糟糟的屋子，姑妈总要发上几句牢骚："你看这个屋子能没个女人？"

陈瘸子不愿再回想这些，他嚼着馒头走到门后面，那里放着满满一麻袋米糠。他打开袋子，搅拌了两桶猪食，然后，提到屋门的台阶上，因为行动不便，他转身去堂屋把推车弄了出来。

院子最西边的猪圈里，4头脏兮兮的猪仔正在埋头拱食。陈瘸子放下手上的推车，抬头却发现两桶猪食不见了。

他探着半截身体四处张望，发现流浪女不知何时跟着他进了院门，两桶猪食已经被她倒进猪食槽里。

陈瘸子赶紧抄起一把笤帚去院子里驱赶流浪女。

陈瘸子："你个痴婆子，到别处去发瘟去。"

流浪女："哥，我不是憨子。我见你给我米糖吃，是个好人。但我吃完，拉了一裤子稀，想来你这洗洗。你不情愿，我这就赶路了。"

流浪女倚着猪圈的门栏，可怜巴巴地望着陈瘸子。陈瘸子放下了手中的笤帚，他发现流浪女的裤子确实湿漉漉的。

陈瘸子："你哪里来的？怎么一个人在外面流浪啊？"

流浪女："我走了半个多月了，家里头遇到事了，就出来避避。"

陈瘸子："哦，我还以为你是个疯傻女人。去我屋子里洗洗吧，床边有条我的短裤，你先穿上。"

流浪女去了陈瘸子的卧室，没一会儿便穿着陈瘸子的短裤出来了。

流浪女："哥，家里的水龙头不方便洗头，我拿个脸盆到院子里洗下头。"

陈瘸子帮她从厨房里搬来板凳，又打好一脸盆水放在了板凳上。

流浪女把脸埋进水盆里，弓着的身体簌簌地抖动。陈瘸子盯着她瘦癯的腰身发愣，溢出盆沿的水花一下子弄湿了他的布鞋。

陈瘸子："我给你拿袋洗发膏去。"

脸色发烫的陈瘸子转身去了屋里，拿上一袋洗发膏又提上一壶开水。

陈瘸子："洗头别被凉水惊着，兑上点热的。"

流浪女抬起头来，她的脸被洗濯之后黑红透紫，细密的眉毛拧在了一处，看上去十分阴冷憔悴。

洗漱完毕后，流浪女向陈瘸子道谢。

流浪女："谢了哥，我洗了裤子，晾干了就走。"

陈瘸子："你既然叫我一声哥，就不要着急走，我先去邻村做工去。"

陈瘸子背着手，一瘸一拐，走出了院子。

陈瘸子并没有去做工，他转身去了邻村的姑妈家。姑妈家的院子里养了一条黄狗，陈瘸子慌里慌张地进门，狗蹿出来咬上他的裤脚。

陈瘸子："要死的畜生，死一边。姑妈！姑妈！"

陈瘸子用力踢了一脚狗的肚皮，狗夹着尾巴躲去了墙角旮旯里，瞪着眼睛朝他低吠。姑妈从屋子里探出半个身子，长长的渔网线缚在她的膀子上，她正在屋子里织渔网。

姑妈："你这跟狗较什么劲？快到里屋来坐，别跟火烧了屁股似的。"

陈瘸子："坐不住了，一个流浪女跟我进家门了，我看她挺中意的，你快帮我想想办法留住她。"

姑妈："说好的那门亲不行啦？"

姑妈放下手上的线团，走出了屋子。

陈瘸子："人家一看我走路的姿势，扭头就走了。我也不费心找了，你能把这女人劝下来跟我过日子，就顶好。"

姑妈："人憨不憨啊？"

陈瘸子："机灵得很。"

姑侄俩锁好了屋门准备动身，没走两步，姑妈又回屋取了一挂猪肉。

姑妈："回去包饺子，饭桌上好说事。"

陈瘸子跟在姑妈的身后，朝自家的农舍走去。

院子里，流浪女正穿着灰色的短裤坐在板凳上洗衣服，洗衣盆里满是陈瘸子的脏衣服。陈瘸子和姑妈已经进了院子，流浪女只顾专心洗衣服，并没有在意。

姑妈站在门口细看流浪女的相貌和身段，陈瘸子准备上前时被姑妈一把揪住，她凑到了陈瘸子的耳根边。

姑妈："这个女人瘦了一点，但是我看她胯部宽阔，将来必定很好生养。看她干活的样子，也肯定不是懒散的女人。你把心放肚里，我觉得八九不离十。"

陈瘸子听了姑妈的话，戆头戆脑地笑了起来。流浪女听见动静，抬头看见了站在院门口的两人。她紧张地站了起来。

陈瘸子提着猪肉向屋子走去，姑妈上前帮着流浪女一块洗衣服。

陈瘸子："这是我姑妈，今天我们包饺子吃。"

陈瘸子朝流浪女举了举手上的猪肉，一瘸一拐地去了屋里。

"你叫啥名呀？"姑妈叫流浪女坐下，笑眯眯地问她。

流浪女："我叫洪颖。"

对于姑妈的提问，流浪女迟疑了片刻，小声回答道。

姑妈:"今年多大啦?咋一个人跑这么远的路,家里都还有什么人呀?"

流浪女低着头洗衣服,半天工夫没回答。

流浪女:"27岁。姑妈,家里的事我不想讲了。"

姑妈:"家家有本难念的经,不说就不说吧。衣服我来洗,你去里面帮他包饺子去,他手可笨了。"

流浪女起身,在衣服上擦了擦手,转身去了屋里。

天色渐暗,屋子里的人正在忙前跑后。两盘饺子放在一张木桌上,氤氲的热气渐渐包围了房梁上垂下来的一盏白炽灯。陈瘸子端来一碟醋,姑妈正夹住一只饺子往洪颖的碗里送。

姑妈:"很多天没吃过好的了吧?来,尝尝。"

洪颖接过饺子,低着头吃进了嘴里。

陈瘸子正准备坐到姑妈身边,却被姑妈用筷子抵住了腰部,他识趣地坐到了洪颖的旁边。

姑妈:"洪颖呀,听姑妈一句劝,不管家里遇着什么事,一个女人不要在外面瞎跑。我们家这傻小子,虽然腿脚不利索,但十里八乡都知道他是个靠得住的男人,你留下来和他处处,你看咋样?"

洪颖听了姑妈的话,脸庞羞赧,头埋得更低了。

姑妈:"我呀也没什么值钱的东西送你,这对耳环你带上,我就当你同意了,以后的事我来给你俩操办。"

姑妈捋开鬓角的长发,从耳朵上卸下一对小巧的金耳环,起身要去给洪颖带上。她碰到洪颖的耳朵,才发现洪颖没打过耳洞。

姑妈:"哎哟,你这么大个姑娘咋连耳洞都没打过。"

姑妈把耳环用手帕包住，塞到洪颖手里，转身朝向陈瘸子。

姑妈："你改天带她去镇上打两个，我要回家去了。我去问问马脚婆，你们办事的吉日。"

陈瘸子起身送她，她把陈瘸子拉到门口。

姑妈："能办事，今晚就办事。懂不懂？"

陈瘸子："姑妈，你这瞎叮嘱啥。我30岁的人了，这种事你还操心？"

姑妈笑着走出了屋子，陈瘸子转身回到餐桌，他的脸突然变得黑红发烫。

桌子上的饺子吃完，洪颖正要起身收拾碗筷，却被陈瘸子一把搂住了。

陈瘸子："洪颖妹子，你安心跟我过日子，我啥都听你安排。"

洪颖："哥，我不是个干净的人，你不嫌弃我？"

陈瘸子："这啥话，你以前跟过谁，我不管。只要你在我这里安下心来就好。"

两个人聊了没几句，陈瘸子的手渐渐狂乱起来，嘴俯到洪颖身上，手也伸进了洪颖的衣服里。

陈瘸子："啊呀，你后背上哪来这么多疤呢？"

陈瘸子发现洪颖的后背上分布着密密麻麻的蚯蚓状的伤疤，惊得他喊了起来。

洪颖："哥，你不问我以前的事，我就安心和你过。"

洪颖哭着倒在陈瘸子怀里，夜风从窗外漫了进来。

屋子里黑漆漆的，窗外零星传来几声犬吠。月光下，洪颖被陈瘸子搂在怀里，一条薄薄的被单覆住了两人赤裸的身体……

| 02 |

10月底，陈瘸子和洪颖去县里的照相馆拍了合影，在院子里摆了几桌酒，算是成亲了。婚后，陈瘸子打算带着洪颖外出打工。他联系了村里做包工头的人，计划去一处工地上扎钢筋，洪颖也愿意跟着他去做小工。

但是婚后不久洪颖就怀孕了，陈瘸子便决定先在周边做些零散的建筑活，出去打工的计划暂时推迟一年。日子过得艰辛，但和睦而平静。

2003年夏季，燠热的白昼叫人睁不开眼睛。陈瘸子在县城的一处工地劳动，洪颖每天早上给他烧好饭菜，用罐头瓶子装好，放在他的工具包里。傍晚时分，陈瘸子会赶回家吃晚饭。

一个云彩浓烈的傍晚，陈瘸子和往常一样，快到家门口首先望向自家屋顶的烟囱。那天，格外反常，没见着烟囱里有一点儿烟冒出来。陈瘸子加快步伐赶至家中，发现灶台未热，洪颖不知去向。

陈瘸子出门寻找，村民告诉他，洪颖在池塘边洗衣服的时候中暑，被送去了卫生院。他赶到卫生院的时候，天色已经黑成了墨团。他迅速找到洪颖所在的病房，进门之后发现洪颖虚弱地躺在病床上，原本怀孕7个多月的大肚子空瘪了下去。

"要命了，娃娃掉啦？"

陈瘸子急得双手挠头，但看着憔悴的洪颖，只敢小心询问过道里的护士。

"没掉,早产了。"

护士忙着给临床的病人输液,草草答复了他。姑妈见到他迎了上来。

姑妈:"你个东西,媳妇生了,都找不见你人。"

陈瘸子:"我在东村敲石头,哪想到她今天就会生啊。孩子呢,男孩女孩?"

姑妈:"男孩,6斤6两。还在保育室。"

陈瘸子先前焦虑的脸色一下子舒展开来。可是,姑妈将他拉到了病房外面。

姑妈:"医生说最好带孩子去大医院看看,说怕是什么唐氏儿。"

陈瘸子:"唐氏儿是什么东西?"

姑妈:"好像是说呆孩子的。"

听完姑妈的话,陈瘸子的脑子嗡的一声炸了。他锁紧眉头,好像体验了1年多的好日子顷刻之间被苦难收回了。

陈瘸子坐到洪颖的床边,病恹恹的妻子微闭着双目,眼角滑下豆大的一颗泪珠,孩子的情况她似乎已经心中有数。陈瘸子握紧妻子的双手,沉闷黑暗的窗外漫进来一阵阵潮湿的阴风。

几周之后,在县城医院的儿科,陈瘸子抱着新出生的男孩给医生观察。医生查看了孩子的五官和手足之后,叫陈瘸子坐下。

医生:"这个小孩是典型的唐氏综合征。"

陈瘸子:"什么意思?小孩这病能治吗?"

医生:"这个是遗传问题,是染色体的原因,娘胎里带来的。早点介入一些理疗措施，孩子长大后生活方面可以做到自理。不过理疗的费用也是很高的，目前我们县里还做不了。"

听了医生的话，陈瘸子摇头掩面，心被一阵悲酸的情绪扭紧了。

陈瘸子回到家中，洪颖躺在床上，姑妈煮了鲫鱼汤正要送去床边。

洪颖看见陈瘸子进屋，坐起身来。陈瘸子把儿子放入洪颖怀中，洪颖解开衣服准备给孩子喂奶。

洪颖："医生咋说的？"

陈瘸子："没咋说，就是这孩子大热天出生的，脑子焐得太热。等长大点带他看看，做做理疗就没什么问题。"

洪颖："你别骗我了，我自己心里有数。过些天我要回趟老家，孩子先交给姑妈照看下。"

陈瘸子："中，也该回趟娘家看看了。"

洪颖侧过身去给孩子喂奶，微弱的灯光下，孩子咬紧乳头，紧紧握着粉嫩的拳头。陈瘸子看见一只蚊子在母子周围嗡鸣盘桓，他伸出两只粗糙的手掌拍了上去。

| 03 |

在洪颖的家乡高家沟，当地派出所正为一桩杀人贩尸案而忙碌。

派出所内，一个高瘦的年轻民警端着茶缸坐在办公椅上，他的办公桌上盖着一块玻璃，下面压着一些通缉人员的黑白复印照。前面的中年民警回过头来和他说话。

中年民警:"高德正那个案子怎么样了?"

年轻民警:"昨天开会你不在呀?局长来了,原本推定的拐卖妇女案件现在怀疑是杀人贩尸案。"

中年民警:"啊,又有什么新线索了?"

年轻民警:"有个煤老板死了一对双胞胎儿子,出殡当天办了冥婚。现场有几个高家沟的村民去凑了热闹,发现买来圆坟的两具尸体疑似高德正的妻女。下午我就准备去跑一趟核实。"

中年民警:"也怪这高德正财迷心窍,妻子女儿本来就是智力障碍者,还送去给招工的人。这以招工的幌子骗残疾人的事情又不是一起两起了。"

办公室的门被一个辅警撞开,他摆手招呼年轻民警。

辅警:"走吧,高德正已经在车上了。"

年轻民警起身走出办公室,他们一起上了一辆老旧的警车。

警车驶在一条黄土道路上,车下尘土飞扬。道路两旁低矮的土坡上排列着稀稀疏疏的墓碑。

车内四个人,辅警开车,高德正和法医坐在后面,年轻民警坐在副驾驶上部署即将开展的工作。

年轻民警:"高德正,待会儿等挖出来,你认认清楚。"

高德正:"那化成灰我也认得呀。天杀的东西咋这么狠呢?警官你说这些混蛋得赔我多少钱呀?"

法医:"你平静一下,唾沫星子喷我一脸。把尸认了再说。"

汽车突然急刹车停了下来,在道路拐弯的地方,有两辆大卡车堵住了去路。

年轻民警下车查看,发现卡车里并没有司机。没等他回过神来,从卡车后面黑压压地围过来一大群人。他们把警车团团围住,人数大概过百,一看就是附近的村民。煤老板的弟弟叉腰站在路中间。

年轻民警:"你这是干啥,妨碍公务你知道不?"

煤老板:"你这公务,是要挖我家的坟吧?我哥被你们拘了,现在还来挖我家的坟。你看看这些村民答不答应!这里站着的人家,圆过坟的多了,你还一个个挖出来吗?"

当地人向来迷信坟地风水,未婚男子去世后,需要与女尸配冥婚才能葬进祖坟,否则会妨碍后代的运气。并且他们认为,祖坟如果遭遇破坏,家人和后代从此会永难昌盛。

高德正从车子里下来,走过去打了煤老板弟弟的面部一拳,人群里几个年轻人迅速和高德正扭打到一处,现场变得异常骚乱。

年轻民警大喊:"你们再闹试试!我已经打电话给局里领导了,两个连的武警马上往这赶,你们不怕被抓的就继续在这耗吧。"

村民们面面相觑,有老人开始上前劝煤老板的弟弟。片刻之后,两辆卡车陆续开走,村民们也渐渐离开了。

年轻民警招呼满身尘土的高德正上车,他们向不远处的坟场开去。

警车在坟场停了下来。煤老板儿子的坟墓已经被十几个人围了起来,他们正在开坟抬尸。

煤老板的弟弟刚刚赶到,他看见民警和法医朝坟墓走来,迎了上去。

"我家的坟，我们自己开。待会儿认了尸，若是那人的妻子和女儿，自然无话可说。若不是，我们全村都要上局里去讨个说法。"

民警没有搭他的话茬，叫高德正准备去认尸。

两具黑槐木的棺材被人陆续从坟坑里抬了上来，几个健壮的村民启开了棺材板上的钉子。棺木被打开的瞬间，陈腐的土腥味和浓烈的尸臭让周围的人捂起了口鼻。

两具棺材里的女尸均穿着红色的嫁衣，枕着绣有凤纹的枕头。第一具尸体的嘴巴已经高度腐烂，露出一排镶接过的牙齿。

高德正看清之后朝民警大喊："这是我女儿！她这嘴牙是我3月份才带她弄的。"

高德正又迅速俯身查看第二具棺，里面的尸体个头矮小，目测只有五六岁，眼眶和嘴唇已经腐烂透尽。高德正捂住口鼻退回民警身边。

高德正："这个不是我家女人。年纪太小。"

民警："你确定？"

高德正："板上钉钉，我女人我能识不出？这个小尸体肯定不是成人啦。"

民警："那这案子大了去了。牵涉的人不止你一家呀。"

法医随后上前去对两具尸体进行检验，初步检查结束，他摘掉口罩和手套返回了原处。

法医："尸体腐烂严重，要确认死因必须带回去尸检。初步看上去像是服毒死的。"

民警："我打电话汇报一下情况，调人来拉走。"

## 04

在高家沟民警调查杀人贩尸案的时候,陈瘸子陪洪颖坐上了返乡的火车。

车窗外一大片荒凉的景色在他们的身后快速消逝,洪颖斜靠在陈瘸子怀里,火车的声响在她的耳畔愈来愈小,一些往事伴随着昏睡的倦意突然涌入了她的脑海……

在一间昏暗简陋的屋子里,洪颖坐在一张罩着蚊幔的大床上,抱着一个5岁的女孩,低声啜泣。女孩的口角溢出来大量白沫,她的嘴唇乌黑发紫,尸体已经僵硬。一个粗壮的男人站在床边。

黑漆漆的深夜被一扇木门阻隔起来,屋子里的白炽灯在石墙上留下一圈淡淡的光晕,墙角处一只黑蜘蛛紧紧缩成一团。

男人:"明天丁老头来,你不要再撒泼了,把孩子的尸体交给他。我已经收了定金了。"

洪颖:"你个畜生,这是你的骨肉,你怎么狠得下心的。"

男人:"你骂我是畜生,你生出来的憨女儿能养得活吗?刚出生的时候医生没告诉你吗,唐氏综合征加先天性心脏病,活不过10岁。我叫你扔掉,你非要养,5岁啦!心脏病手术多少钱你知道吧?老子反正养不起。"

洪颖:"那你也不能给她喂毒面条呀,你个被钱熏黑了心的东西。"

男人:"你非要逼着老子解皮带抽你是吧?你个烂女人,生不出好东西,还嘴犟。这个憨娃早死晚死都是死,老子让她走得舒服点,给她配户好人家怎么了?"

男人解下腰带气势汹汹地去了床边，洪颖侧身背对着男人，任由他抽打。男人抽了五六下之后，累得坐在床上喘气。洪颖的后背上几条血印从白背心里透了出来，她面无表情，对疼痛似乎已经麻木。

洪颖："抽啊，咋不抽了。抽死我算了，我不想和你这个畜生过了。"

男人从床上站了起来，揪住洪颖的头发就往地上摜，洪颖抱着的女孩随之倒在床尾的水泥地上。洪颖一步一步朝床尾爬去，男人举着皮带开始抽打。

床尾放着一个小簸箕，里面有一些毛线和毛衣针，一把缠着布条的剪刀摆在毛线的下面。洪颖爬到床尾，她的屁股和后背已经血肉模糊。她费力摸到那把剪刀，突然起身扎向男人的大腿。

男人倒地呻吟，洪颖站起身之后又朝他的胸口扎了下去……

正倚在座椅上瞌睡的陈瘌子被大声尖叫的洪颖惊醒了。

陈瘌子："咋啦，做了噩梦？"

陈瘌子将一杯水递给洪颖，洪颖接过去抿了一口，继续沉下脑袋睡了过去。

令人疲倦的旅途终于抵达了终点，他们先找了一间宾馆入住。

宾馆服务员打开一间房门，洪颖走了进去，陈瘌子拎着一个包裹跟随其后。进了房门，洪颖直接躺到了床铺上，陈瘌子准备收拾携带的物品。洪颖招手示意他从包里翻出她的头绳，帮她把头发扎起来。陈瘌子翻出一根桃红色的头绳去了床边，洪颖一边盘头发一边嘱咐他："这已经到了，你去买点礼品，明天一早我告诉你怎么坐车去我家里,那地太偏,现在说,你也记不住。"

陈瘌子答应之后,带着钱包走出宾馆。

宾馆在城郊的一条街道上,天气灰蒙蒙的,偶尔有拉煤的卡车飞驰而过。街道两面零星有几个店铺,陈瘌子朝一个小超市走去。

他买了烟酒、糖果和牛奶。出了超市,陈瘌子提着东西坐在一个修车铺前的轮胎上抽了一支烟,烟雾消散在暗淡的路灯之下,他感到心里慌闷。陈瘌子将烟弹灭在路灯的铁杆上,火星飞溅到他眼睛里,他的视线越发变浊,陈瘌子揉着眼睛快速赶回了宾馆。

走进宾馆的房间,初春的夜风刮得料峭,淡紫色的窗帘被风掀起来很高。被子掉落在地砖上,床铺上空空荡荡,洪颖已经不知去向。

他丢下手中的物品,急速下楼询问宾馆的前台。

陈瘌子:"刚才有没有看见一个高瘦的女人出门?"

前台服务员白了陈瘌子一眼,冲他摆摆手,继续盯着电视机屏幕。陈瘌子迅速朝着宾馆大门外跑去。

陈瘌子跑到路上,视线变得模模糊糊。这个城市足有4万多平方公里,他并不知道何去何从,更不知道无故消失的洪颖已经置身何处,他只能转身回了宾馆。

回到宾馆,陈瘌子报了警,警察听他描述完情况,告知他目前无法列为失踪案件。前台正看电视的女人听见之后,对陈瘌子说:"真想把你女人找回来,就跟警察说,那个女人偷了你的钱包跑了,数额报大一点。"

陈瘌子按照女人的话重新报了警,警察随即来到了宾馆。在宾馆里，警察做了一些登记和勘查，便把陈瘌子带去派出所录口供。

民警："把你的身份证给我。"

陈瘌子掏出钱包里的身份证朝警察递了过去，民警接过身份证看了看。

民警："陈瘌子，你知不知道报假案，严重的情况也是要被拘留的。你不是钱包被偷了吗？"

面对民警的质疑，并不善于说谎的陈瘌子，顿时哑口无言。他一着急，便把事情的原委都说了出来。

陈瘌子："我媳妇说带我回一趟娘家，可是无缘无故就不辞而别了。"

民警："你媳妇的身份信息有吗？"

陈瘌子："没有。"

民警："连基本的身份信息你都没有，她怎么成你老婆的？"

陈瘌子不想向警官解释他和洪颖相识的经过，突然想到钱包里有一张洪颖的照片。

是那张结婚用的合影。

陈瘌子从钱包里掏出一张6寸的照片递给了民警。民警接了照片看过之后，神情凝重。他让辅警先带陈瘌子去拘留室，自己拿着照片转身朝所长办公室去了。

拘留室的墙壁四周全是一些红色的拇指印，大概是一些在口供上摁过指印的人顺手涂抹上去的。陈瘌子却被这些斑斑点点的红色印记惊吓到了，他抱着腿蜷缩在角落里。

几个交接工作的辅警都以为他是犯下了大案的嫌疑犯。

辅警："这小子估计摊上命案了，看那六神无主的样。"

听见辅警们的议论，陈瘸子抬头看了看，并没有辩解。

第二天，民警打开拘留室的门，把陈瘸子带去了审讯室。

负责审讯的民警给陈瘸子拿来一把靠背椅，又递给他一支烟。

民警："陈瘸子，我和你开门见山。不是因为你报假案拘的你，留你下来是因为你失踪的老婆。"

陈瘸子："咋啦，我老婆犯过啥事？"

民警："你老婆并不叫洪颖，叫李红英，是一桩杀人案的嫌疑人。"

2002年7月21日，高家沟的村民高德正报警称：妻子余招娣和女儿高品珍被拐骗已经长达2个月。

高德正的妻子和女儿均为先天性智力障碍，家中异常贫困。2002年5月，同村的村民告诉高德正，有家糊纸盒的工厂在招女工，并且专门招聘智力障碍女工。工厂开出的工资有一部分是公益救济基金，另外一部分是计件工资，而且入职成功，家属当天就可以领到200元的工资预付款。但是工厂唯一的要求就是：厂里实行半军事化管理，半年之内家属不得探亲。

高德正将妻子和女儿都送去了这家工厂做工，2个月后，因思念妻子和女儿，他决定去工厂探亲。高德正先是拨打了工厂的电话，可是里面传出来的是嘟嘟的忙音。他又找到那个介绍的村民询问工厂的地址，然而那人一无所知，他仅仅是因为收了500元的好处费，才在村子里四处宣传，与用工的单位并不熟悉。

高德正一急之下拨打了报警电话，警察将该案以拐卖妇女案立案侦查。在走访调查的过程中，办案民警掌握了一条重要线索：某个煤老板一对17岁的双胞胎儿子在车祸中丧命，出殡当天举办了非常隆重的冥婚仪式。现场有几个高家沟的村民去凑了热闹，发现两具"鬼妻"的尸体疑似高德正的妻女。

经过法医鉴定，两具女尸系服用剧毒农药死亡，但其中只有一具尸体是高德正的女儿，另一具有线索称是丁家畔村民丁大宝的女儿。民警赶到丁大宝家，却发现丁大宝被剪刀刺死在床边，而他的妻子不知所踪……

听民警说到这，陈瘸子疑惑地问道："这个案子和我媳妇有什么关系？"

民警："丁大宝的妻子就是李红英。我们初步推测，李红英毒死了女儿，把女儿卖给尸贩子后被丈夫丁大宝发现，李红英杀害丈夫后逃跑。"

民警话音刚落，陈瘸子的后背立马变得汗涔涔的。他想起妻子总是说的那句话——"过去的事我不想提"，竟有着如此不堪告人的隐情。

陈瘸子对妻子的过往一无所知，把自己了解的事情交代完后，民警让他先回宾馆，但近期不能离开，需要随时配合调查。可陈瘸子并不想回到宾馆房间，一想到枕头上全是妻子头发的气味，再联想到妻子涉嫌的案件，他心里的阴郁就像铁块一样坠在那里。

陈瘸子准备在宾馆前台的沙发上先对付一夜，看到前台的电话，他又忍不住想打个电话给姑妈。因为已经是凌晨，电话拨了两遍才接通。

姑妈："深更半夜打电话遇到事啦？"

陈瘸子:"没啥事,我想孩子了。孩子闹不闹啊?"

姑妈:"我带孩子你还不放心啊,快点休息去吧,明天再打。"

陈瘸子挂了电话,坐在宾馆的沙发上,睁着眼睛挨到了天亮。

第二天一大早,陈瘸子就赶去了派出所。民警才刚刚拎着早餐上班。

民警:"陈瘸子,你这么早来干啥啊?吃过了吗?"

陈瘸子:"警官,我昨天想了一夜,我觉得我媳妇不至于干这种事。你想,我遇见她的时候,她身上一分钱没有,她卖孩子杀丈夫图啥?"

民警:"我们没有说她一定这样做了,只是按照现场推断的。当务之急是找到李红英,你有任何线索要立马告诉我们。"

陈瘸子一时无语,瘫坐在椅子上。民警给他剥好一个茶叶蛋递了过去。

陈瘸子接过鸡蛋,举到嘴边又放下了,开始自言自语。

陈瘸子:"你说你什么事不好商量,跑了不见人干啥?"

民警见陈瘸子发牢骚,呷了一口茶缸里的豆浆,跟陈瘸子聊起了天。

民警:"这两年,很多迷信活动搞得很过分了。原来这边配冥婚只不过是象征性的仪式,现在有一些人家用真正的女尸来代替,因此发生了不少违法犯罪的案件。很多尸贩子在医院有关系,知道哪家刚死了女孩,他们就去了。还有些人为了得到女尸,什么手段都用。骗智力障碍的女性、杀智力障碍的女性;挖人家的坟;也有直系亲属毒死自己的亲人卖钱的。所以我们对李红英的初步怀疑也是正常的,她如果没干这些事,不用躲,出来讲清楚情况就行了。"

听完民警的话,陈瘸子一时缄默,放下鸡蛋走出了派出所。一夜未睡的倦意已经让他浑身发软,他只能返回宾馆。可是一躺到宾馆的大床上,闻见枕头里洪颖残余的头油味,他又久久合不上眼睛了。他看着天花板自言自语起来:"俺自己的媳妇俺不知道,她至于干那种畜生不如的事来……我说你也是,有啥事你就不能跟我商量下……你个女人不简单啊,你到底在哪里,你出来说说清楚,啥事我陪你一起面对啊……"

说着说着,陈瘸子不知不觉睡了过去。不知睡了多久,陈瘸子听见有人敲门,他没法起身开门,门却自己打开了。洪颖披头散发地站在门外,陈瘸子叫她进来,她却背过身去了。

陈瘸子迷迷愣愣的,只看见洪颖头顶那根桃红色的头绳,他看着洪颖脱下上衣,对着他露出了背上密密麻麻的伤疤……

又是一阵急促的敲门声,陈瘸子一下子惊醒了。他坐起身,发现敲门声是真的。他下床去打开了房门,门口站着宾馆的前台服务员。

前台:"有人打电话到宾馆来了,你去下面接一下。"

陈瘸子满脸狐疑地跟着前台服务员下了楼。

走到前台,陈瘸子举起电话,电话里传来姑妈的声音。

姑妈:"家里寄来一个包裹,我给你领了。里面有一封信,还有2万块钱。"

陈瘸子:"信是洪颖寄的吗?"

姑妈:"我不知道,信封上啥也没写,我也不识几个字。你和洪颖到底闹啥呢？"

陈瘸子："你把信给我快寄到宾馆来，钱一分都不要动。"

结束了和姑妈的通话，陈瘸子在宾馆焦急地等了 3 天，信终于寄到了。他站到窗口，窗外乌云密布。在通光的位置，陈瘸子打开信件阅读。

"钱你拿着给孩子治病，以后不要再找我了，就当没遇见过。"

信件上就只有这一句话，阅读之后陈瘸子倍感失落。他将信纸放在床头柜上，想到有可能这辈子再难见到洪颖，心里难受至极。

窗外下起了暴雨，一阵狂风把床头柜上的信纸掀了起来。陈瘸子赶紧去关窗户，被雨水浇透的信纸正巧黏在了窗台上。陈瘸子注意到信纸上方写着"某某县大枣生产基地"几个红色的美工字。

他的脑中有个念头突然一闪，决定立刻去这个地址寻访一下。

## 05

陈瘸子从宾馆出来已经是夜里 11 点多了，街面上稀稀疏疏还有一些路过的夜班出租车。他站在路边招手拦下一辆。

司机："去哪？"

陈瘸子："去一趟大枣基地。"

司机："你付我回来的路费，我就带你去。"

陈瘸子二话没说就上了出租车，车子随即发动，消失在夜幕里。

不知开了多久，车灯照亮一片枣树林，司机在那里停了下来。陈瘸子付了车费，出租车随即驶离。车灯一远，他好像瞬间置身于一块巨大的墨团里。

不远处有一栋小石屋,在月光下散着淡淡的光。陈瘌子朝那里走了过去。

屋子很矮,旁边连着一个用黄土砌成的厕所。陈瘌子走到屋子的木门口,看见门缝里透出一丝微弱的亮光。他凑近朝里面张望,看见简陋的屋子里摆着一张竹床,上面躺着一个满脸胡子的青年男子,一把忘记熄灭的铁皮手电筒放在床边的凳子上,亮光正从门缝里射出来。

陈瘌子猛烈地敲了一阵木门。

木门吱的一声被打开了。陈瘌子吓了一跳,因为开门的男人脖子上长满了湿疹,芝麻大小的红点快要爬满他的半张脸了。

陈瘌子看出这个人是个智力障碍者,他赶紧走进屋子。男人摇着手臂跟在他的身后,嘴里一边打着哈欠一边反复朝他问话。

男人:"你是谁呀?你是谁呀?"

陈瘌子没有理会男子的叫喊。他发现屋子里有一盏结满了蜘蛛网的白炽灯,便拿起凳子上的手电筒,找到了墙壁上的开关。

屋里亮堂起来,这个 20 平方米左右的小房间里堆满了生活物品,屋内最显眼的是几个巨大的工业用桶,里面盛满了淡黄色的液体。

屋子东边靠墙摆着一张罩了蚊帐的大床,床尾放着灶具和煤气罐。屋内的两扇窗户被竹条和碎木封了起来,窗上贴着红色的剪纸。灰砖头铺墁的地面上,到处是空酒瓶子和方便面的包装袋,一些长短不一的麻绳和几瓶农药堆在门后的旮旯里。屋子里空气混浊,四周透着一股难闻的味道。

陈癞子将身后的男子拉到身前，问他："这两天有没有一个瘦瘦高高的女人来这里？"

男子摇着头傻傻地看着陈癞子，嘴里重复着同一句话："你是谁？"

陈癞子松开男子，屋内一阵阵刺鼻的气味令他头昏，他有些后悔来这间屋子。但是眼下拦不到一辆出租车了，只能和这个看护枣林的男子一起睡上一晚，明天一早再离开。

男子打着哈欠去了西边的竹床上睡觉，那张竹床宽不过90厘米，他肥胖的身体往上一躺，竹床显得更小了。

"这张大床平时谁睡呀？"

"爹，还有媳妇。"

男子回答完陈癞子的问题，侧身打起了鼾。陈癞子顿觉床铺的四周充满了可怕的阴影，他不敢上床，只能搬来竹床边上的凳子，开着灯坐了一整夜。

天色灰蒙蒙亮，远处的公鸡开始高亢地打鸣，陈癞子起身走出了屋子。他看着不远处的高速公路上，只有几辆货车零星驶过，周围又是稀稀疏疏的林地，一时找不出离开的道路。

他重新走回屋子，男子躺在竹床上鼾声连片，陈癞子看见床头塞着一沓发黄的卫生纸，便走过去揪了一团向屋外的厕所走去。

走近了，陈癞子才发现旁边还有处菜窖。他盯着菜窖看了一会儿，窖口宽约50厘米，上面盖着塑料薄膜，压着木条和砖块。看上去这个菜窖已经废弃很久了，但压在窖口的木块和塑料薄膜上却留有一些搬用的痕迹。

陈瘸子所有的疑心仅仅只是一闪而过，他走进厕所蹲到了厕坑上。这间怪异又可怖的屋子令他烦躁不安，他盘算着尽快离开这里，可忍不住又瞅了瞅那个窖口。黑洞洞的窖口，里面似乎有什么东西在召唤着他。

他打了个尿颤，发现自己蹲的位置不对，鞋子竟然被尿湿了。

从厕所出来，天已经快亮了。陈瘸子准备回宾馆。

这时，门吱呀一声开了，男子揉着眼走出了屋子。他提着一个白塑料桶，摇摇晃晃地朝菜窖去了。桶里的液体散发着很强烈的刺鼻味道。

陈瘸子警觉地跟在男子身后。男子打开了窖口，然后把一桶液体倒了进去，菜窖里发出一阵沉闷的水流声响。

循着声响，陈瘸子感觉菜窖似乎很浅，应该早就被人填成了一口竖井。

他走到男子边上，朝菜窖里张望。

陈瘸子："你往里面倒什么，里面有什么东西？"

男子："里面东西要卖钱的。"

陈瘸子一把推开男子，走进屋子拿起手电筒，又朝着窖口走去。

他用手电筒照着窖口，往里张望，里面浓烈的味道呛得他睁不开眼睛。他尽力眯着眼，发现菜窖里面安置了一个巨大的瓦片水缸。灯光照射一圈，缸里黑漆漆的，似乎什么也没有。陈瘸子被熏得受不了，赶紧逃离了窖口。

重重怪异令陈瘸子心里发毛，他在厕所边上怔愣地站了一会儿。

男子半张着肉鼓鼓的嘴唇盯着他发呆。微弱的晨光中，男子脸上那些红色的湿疹更加呈现出一种病态至极的恐怖。

陈瘌子从厕所找到一根短木棍，不知哪来的勇气，他照着男子的背上一顿抽打。

陈瘌子："你说不说，里面是什么东西！"

男子挨打之后蹲到厕所墙边上，眼神惊恐地盯着陈瘌子："我不知道，爹和媳妇用钩子捞出来卖钱。不让我看。"

陈瘌子继续举着木棍盘问他："钩子呢？在哪？"

男子迅速起身跑回屋子里，他走到大床边上，俯下身体从下面费力翻出一根长长的铁钩，铁钩的握手之处还缠绕了几道防滑用的麻绳。

拿到铁钩，男子跑出来，递给了陈瘌子。陈瘌子接过铁钩，伸进了菜窖里面，他用力在缸底搅拌，钩子很快钩住一个沉重的物体。

以前每逢过年，陈瘌子都帮村里的屠户去镇上拿猪肉，用铁钩把猪肉背在身后，钩子入肉的那种感觉他十分熟悉。想到这里，陈瘌子害怕极了，手心里全是汗，他怕自己钩住的，是人。

陈瘌子喊男子来帮忙，两个人用力把钩住的物体往窖口拖。物体顺着瓦缸的边沿一点点冒了出来。

陈瘌子探身一看，吓得立马松开了铁钩，物体扑通一声又落入缸内。他一下子瘫坐到窖口，又翻身跑到了屋门口。

陈瘌子确信自己没有看错，那冒出水面的东西是一团女性的头发，上面还扎着两道桃红色的皮绳。

想到桃红色的皮绳，陈瘌子顿时崩溃了。

他突然加速向窖口跑去，拿起钩子拼命把东西钩了上来。

果然是一具女尸，尸体泛白肿胀，全身赤裸。陈瘸子一眼就辨认出，眼前的尸体正是失踪的妻子。

陈瘸子面色惨白，搂住湿漉漉的尸体阵阵尖叫。

恢复理智之后，陈瘸子去附近的集镇报了警，警察很快赶到，将男子和陈瘸子一并带回了派出所，留下两名警察在石屋看守。

傍晚，一个秃顶的老年男子开着辆绿色的三轮摩托车停在了石屋门口，三轮车后座上坐着一个矮胖的年轻女子。

他们看见院子里的警察顿时慌乱不堪，警察迅速上前围住了他们。

警察："你是丁家忠吧，你是丁萍吧？"

两个人看着警察小心翼翼地点着头。

警察："跟我们去派出所一趟，什么事情你们心里应该有数。"

两个人被警察戴上手铐，押上了警车。警车穿过枣林，暮色渐渐低垂而下。

高家沟派出所内，3间审讯室分别开始审讯丁家忠、丁萍还有那个智力障碍的男子。

第一间坐着丁家忠，民警正在问话。

民警："丁家忠你这以前有过一次案底嘛，盗窃尸体服刑2年？"

丁家忠："那是好多年前的事情了，我这些年没干过违法的事。"

民警："那你家菜窖里的女尸是咋回事？还用福尔马林泡起来，我看你现在懂得比医生还多，干这一行快成精了。"

丁家忠："那个女尸就是我侄媳妇李红英啊，不是我杀的，也不是我偷来的，我是买下来的。李红英是自愿的，立了字据后喝的农药。"

民警："字据我们已经找到了，这个不能算数。万一是你逼她写的呢？等农药瓶子的指纹报告出来，我才知道是怎么个情况。这件事我先不问你，我问你，煤老板家的两具尸体是你卖出去的吗？"

丁家忠："是我卖的，一具是高家沟的，一具是我侄子丁大宝的女儿。两具尸体都是我侄子丁大宝弄死的，我只负责帮卖出去。"

民警："丁大宝被杀死了，你可知道。"

丁家忠："我咋不知道，是我侄媳妇李红英杀死的，这事她已经和我说了。她说丁大宝杀自己女儿去卖，畜生不如，就杀了他。这种事我管不着，我只管做生意。李红英前两天跑来和我说这事，我劝她去躲躲，既然事情出了。她说不想活了，早晚躲不掉，所以才自杀的。她死了又怕留不下什么，写了纸条托我把尸体卖出去。她告诉我她又跟了个男人，还是生了憨娃子，让我先寄2万元钱给她男人，让刚出生的憨娃子看病。字据上写得清清楚楚的啊。"

民警："丁大宝女儿的尸体是你拉回来的？"

丁家忠："是的，我交了定金给丁大宝，他人死了，但尸体我还是得运回来呀。"

民警："你为什么不报警？"

丁家忠："清官难断家务事，他丁大宝死了，自然有你们公安查啊。"

民警："我再问你，高家沟的招工是你和丁大宝去的吗？"

丁家忠："是丁大宝要招的，我只是帮他开开车。"

……

第二间审讯室坐着丁萍。

民警:"你叫丁萍,你和丁家忠什么关系?"

丁萍:"养女。"

民警:"那个智力障碍的男人是招的女婿?"

丁萍:"丁老头搞大了我的肚子,怕村里人笑话,就招来个傻子遮丑。我早就不想过这种日子了,吓人的。"

丁萍开始俯在审讯椅上啜泣。

民警:"别哭了,这里不是你哭的地方。把自己的事情交代清楚,懂不懂?"

丁萍:"丁老头叫我喂面条,不喂就打,他还说自己是被秘密任命的优生优育监察员,杀害这些痴傻女人是执行秘密任务。"

……

第三间审讯室坐着智力障碍的男子,民警正在费力地问话。

民警:"窖里面总共放过多少东西卖钱啊?"

男子:"五六个吧,前面两个不浇水。后来缸破了,每天浇一次水,浇三四天就可以捞上来卖钱了。"

民警看着男子面部的湿疹,知道他是长期接触福尔马林导致的。

民警:"这些东西放菜窖里的时候是活的还是死的?"

男子:"死的,媳妇喂了面条就死了。"

……

## 06

陈瘸子坐在民警办公室里,警察审讯的工作一直持续到凌晨2点。民警从审讯室一出来,陈瘸子便上去询问情况。

陈瘸子:"警官,到底什么情况,我媳妇是不是那老头弄死的?"

民警:"你最近是收到2万元钱?"

陈瘸子:"是的。"

民警:"你媳妇应该是自杀的,然后把尸体卖给了丁家忠。丁家忠和李红英本来就是亲戚关系……"

从宾馆消失后,洪颖来到枣林的石屋找丁家忠。屋子里站着3个人,丁家忠、丁萍,还有智力障碍的男子。

洪颖坐在屋里的木凳上,屋子里开着灯,几扇封死的窗户让屋内的空气十分混浊,四处流溢着一股刺鼻的味道。她正和丁家忠说话,丁萍和男子在一张竹床边上剥核桃。

洪颖:"叔,兰兰你还给她配户好人家啦?"

丁家忠抽着烟,清了清喉咙,拧着眉头看了看洪颖。

丁家忠:"丁大宝是你弄死的吧?"

洪颖:"我打电话叫你来收兰兰尸体的时候,让你顺便把他埋掉,你可做了?"

丁家忠:"我把他埋掉?我就成了你的帮凶了。你说你个女人咋这么狠?"

洪颖:"我狠?你和丁大宝骗智力障碍女、杀智力障碍女卖钱,你咋不说你们狠?你们的勾当,我管不了,但他丁大宝把兰兰也毒死卖钱,我就不能跟他再过了。"

丁家忠:"这些话不要再啰唆了,你来我这想要干啥?警察找了你1年多了,你快去躲起来吧,烧烧高香,过一天算一天。"

洪颖:"我来找你,是因为我自己不想活了。我死了之后,你帮我把身体配个好人家,钱寄给我现在的男人。我就是求你这个事。"

丁家忠:"你胡说八道什么?你说你们这一家子,好歹算门亲戚,一家三口都弄成什么样了?你李红英,自己生个憨女儿,明知道这个憨女儿活不长,他丁大宝的所作所为是狠心了一点,但不是没有道理。你把自己的丈夫刺死,你就是把这个家毁了,按照道理我都不能让你喊我叔。"

洪颖:"我知道自己生不出来正常的娃,我和现在的男人也是生了一个憨娃娃。所以我不想再活下去了,早晚也跑不掉,我自己现在死了,把身体换点钱留给现在的娃娃。只有这一条路,没得其他选了。"

洪颖下决心的口气令丁家忠沉默了一支烟的时间。

丁家忠:"东边小光头的矿这两天塌了,死了两三个未婚的年轻人。这些年轻人的家属拿了赔偿款,到处找女人配婚。高的人家开出了五六万。但是,不管怎么样,你这个事我绝对绝对不好做的。我做了也没什么好处,万一传出去,我丁家忠要被人家骂无情无义了。"

洪颖:"叔,你是啥人我还不清楚?兰兰的尸体你都收了,你还讲什么情义?这样吧,不管你卖出去多少钱,你只要寄2万元钱给我现在的男人。"

丁家忠:"那你必须立好字据,写下遗嘱,而且不能在我这里死。你找个地方,一切弄好,我去把你拉回来。"

洪颖在屋子里到处找纸和笔,丁萍帮她找到两三张垫抽屉的白纸,她俯在凳子上写好了遗嘱和字据。

把遗嘱和字据交给丁家忠后,洪颖从床底下翻出一瓶农药,朝门外走去。

屋外伸手不见五指,洪颖的身影迅速被黑暗吞噬了……

听民警将案情说到这里,陈瘸子的头脑里几度浮现眩晕般的黑幕,仿佛遭受了猛烈的打击。

民警:"丁家忠以前因为做'冥婚'生意坐过两年牢,出狱后在枣林当看护员。他侄子丁大宝联系他,想一起做'冥婚'买卖,当时他们谈好了3笔生意,需要3具尸源,去高家沟骗工招来两具,丁大宝毒死自己的女儿充当一具。煤老板挑中了两具最年轻的。"

"案件还要进一步深挖下去,这个丁家忠是个老油条,他把事情全部推到死了的丁大宝身上。我们初步掌握,这老头手上握着不少命案……"

陈瘸子的耳畔响起一阵嗡鸣之音,民警说话的声音愈来愈小。

陈瘸子垂着头,缓缓朝派出所的门口走去,那是一片巨大的夜幕。他一瘸一拐,走进了黑暗之中……

经过警方的查实,囤放在窖井之内李红英的尸体系自杀,她自杀的原因有两个。

一是李红英有命案在身,因为丈夫丁大宝杀女贩尸,她杀害丈

... 111

夫之后自觉早晚逃不过追查。

二是李红英和陈瘸子生下的儿子又是一名唐氏儿，她心中绝望，决定自杀后将尸体变现，用作孩子日后康复的费用。

# 纸牌屋

## 01

肖管教见识过许多不幸的女人。

1997 年,她被分配到希康医院——全省唯一的精神障碍女囚集中关押点(有服刑能力的轻中度抑郁类病犯矫治点),22 年过去了,她亲手释放的"问题"女囚几百人。

"每次严遵释放流程,先检查女囚的包裹,然后拿着她们的狱内账本去财务科提现,现金装入一个黄色信封,还要放两颗药片进去。"将人送出大门口时,她会跟女囚握手,叮嘱一声"不舒服就吃一片"。常有人要跟她拥抱,她从来不会拒绝。

大多数情况下,肖管教会盯着女囚投入亲属的怀抱之后离开,也有近三分之一的人失去了家人的支持,新生对她们而言是个大难题，这位44岁的瘦削女警，会亲自把她们送去车站，尽力买到靠窗的车票，举着警官证将她们送到座位上。总有同事调侃她过于负责。

在一间办公室工作久了的同事们，各自了解彼此的进门习惯。有人要浇花，窗台上常年放着应季盆栽；有人烧水泡茶，枸杞在大伙的手心传来递去。肖管教喜欢看报，将新到的法制报翻得哗哗直响，挑最吸睛的新闻匆匆读完，而后再去开封点名。

不过，这个习惯在7年前改了，同事们问过她："怎么不读报啦？"她没吭声。

7年前，肖管教将一名女囚送出监狱，1周之后，此人的面貌出现在报纸认尸栏目。她面目全非，尸体被河水泡得发胀。肖管教一眼认出了她，此人头顶戴着一个桃红色发夹，那是肖管教给每位出狱女囚赠送的礼物。

女囚因丈夫出轨摔死了出生没多久的孩子，服刑13年，每天需3次服药，她耳朵里的婴儿哭声才会消失。出狱后，家庭成员拒绝接纳她，她跳进了距离监狱7公里的泄洪河内。

肖管教合上报纸，匿名报警，跟警方指明了尸体的身份。这件事，她没跟任何同事谈起，却隐在心底搅痛了自己7年。

"责任二字，绝不仅是程序上的事，但狱警能做到的有限。我坚持将每一位没家人来接的犯人送上车，是在'有限'里做到极限。"

| 02 |

希康医院坐落在一所省级监狱内，4层高的长方楼体被冷季型

草坪包裹，西南角设有鸽棚、兔笼，工间休息时，200名患有精神疾病的女囚会聚集在那，兴奋地喂养自己相中的宠物。

医院里的病床是粉红色的，天花板上拉着灯泡和彩带，墙上贴满星星。每间病房住8个女囚，她们坐在床边，安静地制作珍珠饰品。每天劳动4小时，劳动报酬用来集体加餐、购买生活用品，除此之外，每月还有60元到120元不等的零钱汇入她们的狱内账户。

这里温馨又平静，不像普遍印象中的精神病院。她们吃下各类抗抑郁药物，每天3次。服药时，管教会仔细检查她们的嘴巴，有时更要亲手翻看她们的舌头。也有意外之时，难免有人逃过检查，夜晚整座医院将不得安宁，尖厉的哭喊声会吵醒所有人。

2009年希康医院的管教就被禁用戒具，因为这里关押的都是无攻击性的抑郁类女囚，管教称之为"情绪犯"。注射类安定药物也被要求慎用，医院主要承担情绪治疗的职能。通常情况，她们只能任由一个发疯的女囚嘶号，除非她展现出一定程度的自残倾向。

也有药片无法控制的女囚。

27岁的柳萍曾在4楼禁闭室连续高歌了12天，直到声带受损，之后2个月内没说过一句话。

这儿的女囚一般经历3—6个月的治疗后会被送回原羁押单位，很多人却反反复复，一直在这待到刑满。柳萍在此的逗留时间排名第二。

肖管教是柳萍的责任民警。

2013年她第一次接手这位有强烈自杀倾向的女囚，截至2018年，她和这位因纵火罪、毁坏文物罪获刑5年的女囚打过7次交道。

前6次，柳萍没给任何人留下深刻印象。她总是安静地完成所有事，娇小的身躯丝毫不会引起关注。每个治疗周期结束，她的床铺上总会留下一堆纸板。她不养宠物，不交朋友，不去"茧房"（活动室名称）跳舞或者打牌，唯独喜欢用固体胶粘贴一堆纸板，而后又将它们拆毁。

第7次，活动室里少了4副公用扑克，有人举报柳萍偷了扑克。肖管教在柳萍的床铺下搜出两副，顺便给她下达了警告处分，并且勒令她交出其余两副。

那一刻，肖管教严厉极了。平时，她尽力对这群"情绪犯"施展亲和力，给她们留情面。但狱内偷盗的行为不能容忍。"这不同于学生的小偷小摸行为，犯人偷东西那是错上加错，没得商量，一点面子不能留。"

柳萍从叠成豆腐块的被子后面掏出一栋纸牌屋，肖管教看样子精美，舍不得销毁，就带回办公室放在了自己的办公桌上。

"柳萍的案子就是烧毁了自家的房子，那是间被钉了县级文物铁牌的文保房。"

肖管教开始关注这位频繁"光顾"希康医院的27岁女囚，她剪着齐耳短发，肤色呈现一种病态的白，非常娴静。单从外貌上，你怎么也想不到她能干出纵火的行为。

肖管教端着纸牌屋去找柳萍谈话,问她为什么要烧毁自家的房屋。

没想到这个问题意外刺激了柳萍的情绪,她发疯了,被送入禁闭室。柳萍在里面高歌了12天,直到喉咙嘶哑,吐出血痰。

| 04 |

柳萍本来被关押于14公里外的女监6监区,肖管教做了一件超出她职能范围的事——与负责6监区的教导员取得了联系。

她对这位能粘出漂亮房子的纵火犯充满好奇,想从那儿了解柳萍的过往。

"我见过的稀奇的人和事太多,唯独对这个柳萍,我格外上心。因为她粘过的那栋纸牌屋令我想起一个人——小姑过世的女儿,车祸死的,才17岁。她在学校的手工课上也粘过纸牌屋,送全省参赛,得了手工类金奖。奖牌至今还挂在她的遗像上。"

肖管教从教导员那得知,柳萍15岁时,母亲在那栋文保房被杀,她苦守8年,最终的结局跟她开了个大玩笑。悲痛之余,她放火烧了那栋房子……

大火之前,那是一栋上下两层、前后三进深的民居建筑,是祖上传下来的,总共有22个房间,院内有两棵百年杏树、一口汉白玉雕龙古井。

1991年，柳萍的母亲是带伤进入产房的。破羊水之前，这位娇弱的村镇教师正挺着大肚子拦在一堆壮汉面前。她冲众人吐口水，用方言辱骂这群企图拆毁宅子的男人。他们举着各种工具，要扒掉宅子西面的4间厢房。

沿线的村民大都已经自行拆毁房屋，他们声称政府要占地修路，全部拆完就能得到大额补偿。

柳萍的母亲不同意拆，磨了半个月后，没人再容得下这颗眼中钉。

她的丈夫是村里最不敢高声的人；她的母亲念佛，常年不接触人，更不与人争辩任何事务；她本人是个临产的孕妇，毫无护宅能力。为了尽早拿到补偿款，众人扛着工具要搞强拆。

三两个人爬上院墙，用榔头捣通了屋顶，瓦片七零八落地砸下来。柳萍的母亲冲进那片区域，被砸得头破血流，羊水也在那个剧烈的时刻涌出身体。生与死，在那一瞬间突然混合交集。众人看傻了，怕闹出事，将柳萍的母亲抬去了医院。

柳萍出生时，父亲刚从菜籽场骑车赶来。他在那栋深宅大院里没有地位，几乎所有时间都在4亩自留田里料理农务，晚上摸黑进家后，有时院里的人已经睡去，他常用一把铁皮手电，照亮自己该去的位置。柳萍的记忆里，父亲没抱过她。

1991年，老宅逃过了强拆，半年之后，屋后一片建筑废墟里长满青草，自行拆房的村民悔恨不迭，修路是一个未通过的提案，补偿款的事也只是个谣言。

柳萍6岁时，也就是1997年，老宅里发生了3件大事。

妹妹出生，用母亲教书5年的工资交了罚款；老宅15个房间租出去做了乡镇棋牌室，家里有了稳定的收入来源；外婆死了，冬天坐在念佛的蒲团上睡去，第二天僵硬得像一团冰。

对于柳萍的母亲来说，1997年是悲喜交加，但那时她尚不明白，这3件事同时发生，对她而言究竟意味着怎样的一场命运灾难。

1998年，她那位懦弱的丈夫，在棋牌室认识了一个离异妇女，卷走了她所有的钱，跟新欢一起私奔了。走前还在她的床边留下了极具报复意味的纸条，上面写着"我和她生儿子去了"。

柳萍的母亲再也忍受不住院里整天整宿的麻将声，更受不了单位同事的风言风语，她买了农药，抱着两个女儿，在厅堂里挨了一宿。天亮之后，她有了新的选择——去20公里外的邻县娃娃厂做工。她关闭了棋牌室，躲开风言风语，要靠劳动自力更生。

为了解决生计问题，柳萍的母亲每天需在娃娃厂做工12小时。柳萍和妹妹经常被锁在家中，她上一年级比同龄的孩子晚了3年，妹妹压根没进过一天幼儿园。

柳萍承担起了照顾妹妹的责任，她们从来没有平等地共同成长过。妹妹常将她看作家长，对母亲却丝毫不亲。她学会的第一句话不是"妈妈"，而是"姐姐"。

2001年，村庄被商用征地，村民都拿到了补偿款，政府另外划地，给他们盖了新楼。柳萍的母亲也盼着这笔钱，准备带两个女儿去市里买房，开展新生活，但老宅突然被钉上了县级不可移动文物的铁牌。

没有一分钱的补偿款。任何添砖加瓦的行为还必须报审。不能买卖。

不久后，老宅立于一堆废墟之中，柳萍的母亲每天走进家门，脚下都是破碎的声音，砖石瓦砾间扬出漫天粉尘，巨型机械的作业声彻夜无休。

数年过去了，老宅从废墟中脱身，周围平整了，但鳞次栉比的高楼耸立了起来，老宅被嵌在两座商厦的夹缝中。

2005年，那儿建成了商场娱乐中心，有网吧和台球室，成了县城所有不良青年的集聚地。柳萍的母亲将这栋文保房租了出去，22个房间分租给一群外来务工人员，自己则带着两个女儿租住别处。

时来运转，有了稳定的租金来源，一家人的日子好过了一段时间。

柳萍的印象中，那段时间母亲往家里领过几位男士，母亲会在烧饭的过程中观察男人们对柳萍姐妹的态度。她想挑一个，过安稳日子。

可不到一年，流动性极强的民工们自主当起了二房东，他们将房间转租给一群外地女人。文保房的屋檐上装起了霓虹灯广告牌，"洗发屋"的闪光字在夜幕中招揽生意。

有天傍晚柳萍的母亲去收租，被人刺死在文保房门口，她在院门处身中数刀，逃命到院内杏树下，又在那挨了两刀，企图爬到房间门口求救时，死在了门槛边。

院里应该有人听见过她的呼救，但无人报警。警方后来分析，这群失足女之所以选择一哄而散，是因为她们怕进派出所，顺便还可以逃租。

警方没有找到任何破案线索，尸体在医院太平间保存了很久。

那年，柳萍15岁，妹妹9岁。

1个月后，柳萍的父亲返回老宅料理丧事。

警方对他做了大量的劝返工作，顺便给他普了法，让他履行监护职责。他带着24岁的小女友住进了老宅，先前同他一起私奔的离异妇女早就一脚蹬开了他。

这个男人有几分运气，他在福利彩票店购票200张，刮中一等奖，靠20万奖金"扬眉吐气"，包养了年轻的新欢，还买了房子。男人的心态已经不同以往，他变成了另外一种人。

柳萍记得，父亲从前默不作声，喜欢抽闷烟，瘦巴巴的，脑门上横着一截青筋。妹妹则对这个父亲毫无印象，从他重新踏进老宅，妹妹很害怕他。

父亲纵酒、打人，身形和之前大不相同，像充了一股气，脖子消失了，肚子膨胀着。柳萍姐妹像猫一般在老宅内出没，整天胆战心惊，常常挨打。

老宅很快又被父亲租了出去，他只给柳萍姐妹在西南角留了一间10平方米的仓房，里面没有厕所。

各种民工光着膀子在院里走来走去，有人半夜趴过她们的窗台，有人在啤酒瓶里撒尿，光着屁股在院里出没。姐妹俩怕极了，很多个夜晚一起挤在小小的单人床上瑟瑟发抖。

柳萍拉着妹妹一起发誓，将来要学法律考警察，亲手抓住杀害母亲的凶手。她们朝床而跪，握紧彼此的双手。妹妹有些抗拒，她只是不敢违抗姐姐的意愿，更多时候，她对亲生父母的印象是模糊的。

现实很快摧毁了柳萍的志愿，尽管她中考进了全校前 10 名，父亲还是轻蔑地通知她"学不要上了，女孩上多学没用"。父亲的小女友将柳萍介绍去朋友的服装店当导购，她只能顺从，想不到第二条路。

很多年间，她避开父亲，兼职了好几份工，最辛苦的活是去医院当临时夜护，端屎端尿，其间还挨过病患家属的揍。

她要拼命攒钱，自己供妹妹读书，要让她完成考警察的志愿。

妹妹叫柳芳，从外貌上看，她像姐姐，但个子更高，气质成熟，右耳处文了一排藏文，从耳垂越过锁骨，一直浸入胸口。她说那是仓央嘉措的情句——"住进布达拉宫，我是雪域最大的王"。

柳芳和姐姐不同，她是个乐天派，很早便快速学会了很多让自己保持开心的方法：早恋、打游戏、文身、抽烟……她能准确地说出县城每一个混得不错的流氓的名字，15 岁就带着"哥们姐们"将父亲的小女友数次打出家门。她几乎接管了老宅。虽在学业上让姐姐看不起，但在很多关键时刻，她才是这栋深宅大院里权利的捍卫者。

父亲也被她打破过头，不仅乖乖地将租金平摊，还自觉地奉还了克扣姐姐的工资。

她敬爱姐姐，是这个世界唯一理解姐姐的人。但 16 岁那年，她做出了一项重大决定，彻底伤害了姐姐，致使姐姐做出疯狂的举动——烧毁了老宅子。

柳萍入狱 5 年，拒绝了她所有的会见请求。她每次前来，都在会见室门口哭到傍晚，而后孤零零离开。

让她回顾当初的决定，她沉默了半天，只承认那是命运的嘲弄……

柳芳在台球室接触辉哥时，没想太多，那个帅气的大花臂男孩比她大 4 岁，认识当晚，柳萍就跨上了他的鬼火摩托。

那时，她 16 岁生日刚过，和哥们姐们在 KTV 醉了半宿，兴奋感还在体内激荡着，他们在众人的嬉笑声中消失了。

辉哥有一群朋友，他们对柳芳很好，集体给她送见面礼，"都是名牌货"，庆祝她和辉哥的爱情。

烧宅事件发生后，大火照痛柳芳的脸庞时，她有那么一瞬间，恍然大悟——辉哥这伙人的出现是早有预谋的。

2006 年，这伙人是县三中的顽劣初中生，他们常在傍晚集聚台球室和网吧，身上揣着弹簧刀，路过老宅时总对院里的失足女吹口哨。不知道是哪个倒霉的时刻，柳芳的母亲在收租路上与这群危险的初中生相遇，惨遭刺杀。

警方早在 2012 年就侦破了此案，当年的事件参与者超过 5 人，全都未满 14 周岁。其中一人移民之前，在家人陪伴下主动向公安机关坦白了罪行，家长愿意承担所有民事赔偿。这个举动被其余参与者视为背叛和连累，因为所有人都要共担赔偿。警方通知了柳芳的父亲，这个混账男人报出私了价码，为了独吞这笔钱，破案的消息一直瞒着姐妹俩。

2013年5月20日,柳芳决定带辉哥住进老宅,她要跟家人介绍这个男友,选择和诸多叛逆乡镇少女一样的命运,通过一场酒席,在得不到任何法律保障的前提下,将自己的终身幸福交付给她的大花臂帅气男友。她要嫁给辉哥,即使她才16岁。

但父亲见到辉哥的那一刻,所有的真相都被揭穿了。辉哥笑着跑开了,他的兄弟们拉响鬼火摩托的引擎,在老宅门口庆祝似的啸叫了几分钟。

柳芳在挨了父亲一记响亮的耳光后得知,辉哥是杀母事件的参与者之一,他的家人为他当年的荒唐举动付出了10年的打工酬劳。他跟她,只是为了在她抬高了私了价码的父亲面前,完成一次报复。

所有的事件参与者在派出所都没表现出足够的悔意,他们对死者的身份极不看重,怀疑她是"错误在先,扰乱家庭和谐"的失足女。他们掏出弹簧刀捅人的动机也很轻率,仅是因为受了柳芳母亲的几声驱赶。

柳萍是在2013年6月的某天纵火烧毁老宅的,那天是母亲的忌日,她撵走了所有租客,将3升汽油泼在厅堂,火苗卷了两根堂柱,接着攀上横梁。火柱钻透屋顶时,消防车已经赶到。火势很快被控制住,但老宅失去了重心支撑,瞬间坍圮。

警方将柳萍带走,几次询问她的作案动机,她只是低头啜泣,几分钟后又咆哮不休。"那一刻,她的心中也满是灰烬。"

肖管教弄清柳萍的案子后,失眠了几宿。工作时间,她盯着办公桌上的纸牌屋,胸口泛起阵阵隐痛。

"任何一个到这来的女犯,我都可以用她身上的罪行问题切断对她的同情。但在柳萍的案子上,我为她的命运痛心,为她那位得不到正义的母亲痛心。"

面对这个不幸的女人,肖管教真心想帮帮她,但不知道该做什么。

| 06 |

2018年元旦,希康医院举办联欢会,晚间加餐后,肖管教在"茧房"为几名1月份出生的女犯过了集体生日,大伙分完蛋糕,开始唱歌跳舞。

房间里有音响和灯光设备,像KTV的豪华包间。有人切了狂热的舞曲,灯光旋转,大伙儿都在摇摆蹦跳。

肖管教被众人围在中间,两个值班同事也被缠住踩慢四。彩色光斑四壁流动,屋内光线总体是暗淡的。肖管教踮着脚寻找柳萍,看到她一个人坐在角落里,头靠在墙上,闭着眼睛。肖管教以为她累了,没想叫醒她,继续跟人跳舞。突然,有人在暗处尖叫了一声,她说脚下黏糊糊的,有股血腥味。

灯调亮后,肖管教吓傻了。柳萍的左手腕裂开一道口子,血还在淌,地面流动的一大摊血液中有一柄切蛋糕用的塑料锯齿刀。

肖管教具备急救常识,她让同事从医务室取了纱布,给柳萍做了加压包扎。监狱的急救车立刻开了过来,两名防暴警将人抬上车后，习惯性要在床尾加铐脚镣。肖管教一巴掌拍在两个年轻警察的手背上，打落了脚镣，吓了他们一大跳。

监狱有指定的急救点，那是一间距离狱址 4 公里的二级医院。值班医生对柳萍的抢救工作遇到了难题，他们要给柳萍输血，但柳萍是 B 型 Rh 阴性熊猫血，医院的库存血不够，深夜调血的流程伤者等不起。

在狱方联系下，柳芳立刻赶来了医院，但抽血化验后，她的血型和姐姐并不匹配。柳萍的父亲随后赶来，他的血型跟柳萍也不匹配。医生猜中了最坏的结局，柳萍的血型是遗传了母亲的。不过这个结论立刻被柳萍的父亲否决了，他说妻子是 A 型血，柳萍的血型是遗传了别人的。

众人恍然大悟。

男人接着说，柳萍、柳芳都不是他亲生的，他身体有问题，两个女儿是妻子跟不同的男人生的，他们的联络方式只有死去的妻子知道。

似乎谁也救不了柳萍。

柳芳对着父亲的胸口一通猛捶，接着蹲下痛哭。急救室门口混乱至极，肖管教急得跳脚，但突然之间，她的脑中似乎被注入一道灵光，想到了那个丧女的小姑。

多年前，小姑一家自驾游去新疆，在经过一道盘山弯道处遭遇车祸，17 岁的女儿当场死亡，她躺在急救室命悬一线。当地路况广播平台紧急发动市民去医院捐献 B 型 Rh 阴性熊猫血，她最终得救。

肖管教冲出医院，在院子里拨通小姑的电话，语无伦次地喊她赶来医院。

"很多东西解释不清,就是冥冥中注定。从我看见那栋纸牌屋,想起小姑过世的女儿那一刻,心里就咯噔一下,想不到这点儿缘分能救命。"

柳萍脱离生命危险后,柳芳在病床前陪了很久,她们的父亲则在小角落里闷声蹲守。按照监管规定,两人不能长时间逗留在病房。肖管教驱散两人时,柳萍醒来一次。肖管教害怕她见了家人情绪激动,正要将人往外赶,想不到柳萍虚弱地各叫一声"妹"和"爸"。

那一刻,谁也猜不透柳萍在想什么。谁也没料到,这个可怜的女人在经历生死之劫后,突然重拾了对家人放弃已久的称呼。直到三人在病床前互拥哭诉了一阵儿,肖管教提到嗓子眼的一口气才慢慢落了下去。

肖管教至今想不明白,到底是怎样的一种奇迹或者运气,黏合了这个被命运碾成碎末的家。但她那一刻不顾同事的阻拦,轻轻合上了病房的门,任由三人同处了一宿。她似乎顺应着一种直觉,就好像抛出一枚硬币,已经得到了想要的那面。

"屋子可以毁了,但亲情是不讲道理的。"

| 后记 |

柳萍于 2019 年 2 月刑满,肖管教只将她送到了门口。

无论柳萍今后展开怎样的生活,我想这个不幸的女人,至少幸运过一次——遇见了肖管教。

# 姐姐的拳

## 01

大象有 7 块奖牌、2 座奖杯，无数张奖状。都是体育成绩，涵盖铅球、拔河、柔道……"凡是依赖力气出名次的项目，我都拿了一遍。"

有些奖项不值一提，是小学运动会上的，有些奖项却令人眼前一亮，"青少年女子柔道锦标赛银牌""省运会女子铅球（初中组）冠军""第三届服刑人员运动会双人拔河冠军"……

大象真名叫韩倩楠，1984 年出生于江南的小县城。

"上小学时，一个班级 16 名女生，跟娣、招娣、来小、婷魅（停妹）等名字的女生占了一大半。"

当年的农村，重男轻女的风气正盛。大象的名字是"欠男"的谐音，但比较班级里的同学，更像个正常的女生名字。

"名字是顺听一些，但我的块头一点儿不像女孩。我妈不到1.6米，100斤不够，我爸1.7米多一点，也很普通。我却是'双一八'，身高1.8米，体重180斤。生下来就是巨婴，吓了护士一大跳，11斤半。"

小学一年级开始，大象就是班级里的"排头兵"，男孩子的块头也比不了她。体育方面，大象的成绩更是出挑，体育老师捡到宝似的，带着她拿遍了全市中小学生运动会的荣誉，还主动掏自己的工资给大象订高钙奶，希望她再高些再壮些。大象的同学缘也蛮好，女生们躲她身后，很有安全感。

可上了初中，情况就变了，女生们嘲笑大象的大块头，男生更不把她当女孩。

一次，初三的校痞在校园公布栏里写另一个校痞的坏话，"某某某跟初二六班的大象睡觉"。因为这句话，两个校痞约架，还分别喊了不少社会青年带着砍刀入校，打得不可开交，镇上的警力全出动了，闹得动静太大，校长都被免了职。

新校长到任后，大冬天的早晨，叉腰站在国旗台上讲话，他端着扩音话筒，忽然问道："初二六班的大象是谁啊？"

台下哄然大笑，有男同学试图把大象往前面拱，大象觉得委屈，反手一推，排好的队列，垮倒一片。回教室时，大象走在最后，走廊上的窗户结了冰霜，很多男生在玻璃上写字，几十面窗户，写满了"睡觉"。大象的脸变得滚烫，教室也不敢进了，掉头往家跑。

书再念不下去，大象就练体育去了。

彼时，市里组建了一支女子柔道青年队，教练正在各个县里选苗子。体育老师惜才，推荐了大象。教练带着握力器，测大象的握力，测出来70千克。成年男性的平均握力不到50千克，教练吃惊了，眼前的大象还是位少女。

柔道队的伙食太好，大象入队1年，15岁，身高超过1.75米，体重也过了80公斤。虽然柔道技术练得很差，但大象的块头占优势，参加了几个比赛，金牌拿不准，银的铜的总能争到手。但做运动员的，拔尖才有出息。渐渐地，大象成了教练眼里的"鸡肋"。

16岁，教练把大象送给男子组当陪练，说白了，就是当人肉沙包。这一年，大象又长高了，也增重了。男子组都是青壮年，每天把大象摔来投去，根本不当她是女孩。完事了，大象还要擦垫子。

柔道队的隔壁是拳击队，千禧年刚过，那边搞试点，要组支女子业余拳击队，缺人缺得紧。大象跟教练叫苦，不愿再给男队员们当沙包，想进拳击队。

"当时什么也不图，就是不想'栽跟头'了。而且，拳击队的伙食也好，顿顿开大荤。"

那时，国内的女子拳击刚见起色，申奥之路尚遥遥无期，但已进入了国际业余拳击联合会的比赛名单。女拳的教练姓林，发型地中海，人很随和，但一旦到了训练场上，立刻换上一副恐怖面孔。队员们私底下喊他"地中海定时炸弹"——爆炸时间定在训练的时间。

林教练的舅舅是1987年第一批赴朝体训的拳击队员，那是中国拳击被禁赛27年后参加的第一场世界拳击大交流，中国队在朝鲜出尽了洋相，舅舅的脑袋吃了不少"外国佬"的拳头。

林教练是舅舅带出来的拳手，在拳台上没打出什么名堂，嘴巴上倒挂着很多套新奇的拳击理论。舅舅瞧不上他。从拳手转为教练后，林教练憋着劲儿，就在训练场上实践他的理论。

林教练看中了大象的块头，挑她进了拳击队，照旧让她当陪练。林教练有个得意弟子，蝇量级，体能很棒，脚步灵活，上了擂台就像一台高频输出的永动机，可惜没重拳。林教练便安排她打大象，上午打一遍，下午打一遍。大象只学了几招防守的动作，基本不反击，每天给她当人肉沙包。练了一阵，林教练发现，弟子的重拳不见起色，倒把大象的防守天赋练出来了。

"我蛮扛揍的。小时候被我爸打惯了，他酒鬼。栽跟头和吃拳头，我还是挑吃拳头。"

大象后来才知道，林教练其实是乔治·福尔曼的拳迷，他迷恋后期的福尔曼，迷恋那位1994年在拳台上打出"世纪冷拳"的福尔曼。他的得意弟子虽有极好的运动天赋、百里挑一的拳法，但那种高频输出的打法，总能窥见拳手的自卑底色。大象却很不一样，站在拳台上，大象骨子里是自信的，她不畏惧拳头，步子朝前顶着，眼神就跟拳台上的福尔曼一样——对手只是拼命挣扎的羚羊，而她才是出击便制胜的虎豹。

林教练不是一般人，别的拳手在拳台上失利时，教练喊"吊一吊她，调整一下节奏，拳架高一些"，林教练只喊数字，421、1123、12124……这是他自创的编码战术，1代表前手拳，2代表后手拳，3是摆拳，4是勾拳……林教练把拳手当成机器一样训练，赛前他会研究对手的出拳习惯，然后制定应对的战术编码，到了拳台上，再通过自己的观察，适时喊准编码。拳手在赛前进行了大量的训练，编码指令已练成了动作惯性，听见编码，便能打出连贯的反击。

林教练决心重点培养大象，他撂给大象一把钝斧，让她每天跑去5公里外的树林，劈30公斤的木材，负重再跑回来。半年练下来，大象的肌耐力好得不行，拳劲的穿透力简直吓人。戴着护具的陪练，常常也会被她"爆肝"（被击中肝脏后，拳手会因疼痛站立不直）。

林教练给大象编最简单的数字码，12、13、114……动作不过3招，而且都是1开头。到了拳台上，林教练知道大象扛揍，每个回合的头1分钟基本不放招，看透了对手的出拳节奏，适时喊一声，121、112、132……战术十分奏效。打到2003年，大象成了女子超中量级比赛中绕不过去的一座山。圈里人开始喊她大象，外号和名声一起来了，有人甚至喊话，女子拳击项目如果申奥成功，大象将是国内第一位"吃"金牌的人。

可惜，大象的"金牌运"不牢靠，一方面，女子拳击项目是9年后才申奥成功；另一方面，就在林教练铺垫大象的职业拳手道路时，大象的酒鬼父亲忽然杀出，终止了她的运动员生涯。

| 02 |

大象的父亲叫韩四头，不喝酒时是镇上的老好人，喝了酒便成了"鬼见愁""万人嫌"……在大象印象里，母亲总骂醉酒的父亲是

"畜牲"，父亲喝醉后会揪住母亲的头发，把母亲的头往水泥柱子、八仙桌角、洗手台、衣橱镜子等家里最硬的地方猛撞。酒醒之后，家里已是一片狼藉，母亲通常会卧床几天，父亲会默默地料理家务，每顿饭都烧十几个菜，家里的折叠小饭桌摆都摆不下，盛蔬菜的几个盘子悬着一半在桌子外面。

"我妈躺不住的，顶多3天，3天后就没记性了。我爸就接着喝，然后又开始发酒疯。一家人陷在这种死循环里，过不了几天安稳的日子。"

大象的弟弟出生后，父亲酗酒的情况更加严重了。

父母盼儿子盼穿了眼，1990年，两人准备好了罚款，总算盼来了儿子韩家栋。弟弟出生时才1斤9两，跟大象比，是一个天上一个地下。

弟弟长相秀气，嘴唇红红的。十二三岁时，他偷家里的钱买了很多化妆品，在学校还偷女同学的东西。镇上起了风言风语，讲韩四头造了孽，老天爷专门开他的玩笑，让他把女儿生得像只巨无霸，儿子却生得像个娘娘腔。

2003年暑假，韩四头发现儿子在2楼试穿一件连衣裙，脾气上来了，铁一样的巴掌立刻把儿子扇晕。抬去医院时，镇上人都在凑热闹。儿子是中度脑震荡，要住院观察，妻子陪护。韩四头自己回家烧晚饭，走在街道上，他听见几个妇女正讲：韩四头造孽的，你们看见的哇，他儿子穿裙子哇。

韩四头装作没听见，但回到家，他昂脖灌下一斤酒，接着就跟跟跄跄地去镇上滋事。酒醒后，他发现胳膊上戴着手铐，人已被关在派出所。

韩四头被放出来后，要赔的钞票却不少。他在街道上用酒瓶子打了一个卖卤菜的老头，又把一家菜馆门口的轿车砸了，还有两个妇女被他推倒在水泥地上，正在医院拍片子。

韩四头在镇上出尽了洋相，到医院接儿子时，儿子直呼其名："韩四头，你老婆走了，她不跟你过了。"

韩四头扬起巴掌，但这时他没有醉酒，只是本能地算账，这一巴掌再下去，又要掏多少张钞票。儿子仍在叫嚣："你打吧，我反正已经头脑不好，打出个植物人来最好。"

"家里弄了这么大一个烂摊子，他收不了场，就想到还有我这个女儿。"

父亲到拳击队寻大象，跟林教练诉苦，家里困难得要死，债务已经欠了一堆，人家的女儿在服装厂做工，一年攒不少钱，帮衬着家里，自己家这么一个壮劳力，却在这儿耗光阴。

林教练虽爱惜大象的拳击天赋，但心里也没底，打女拳到底能搞出什么名堂，就问大象自己的意见。当着父亲的面，大象哪敢有意见，只有卷了铺盖归家。临走时，林教练送她一副拳套。她接到手，掉头便走，不到百十米，脸庞已经痒得不行，一摸一手泪。

离了拳台，落实在生活层面的大象，活成了身边人的笑话。

她先是进了服装厂，每天两班倒，一双笨拙的大手被缝纫针扎穿过好几次，老板贴了不少医药费，最后干脆把工钱算出来，让大象另谋生路；大象又去帮批发市场搬货，力气是够的，脑子却总在琢磨拳法，货物不知丢了多少趟；最后只有去澡堂子里搓澡，这个活儿对她的膝盖不好，湿气太重，她怕干出关节炎，以后没法再打拳……

大象挣不来钞票，父亲的面孔就整天板着，每顿都要喝酒，半斤酒下肚后，家里人人都要挨骂。有次，父亲骂大象："憨货，没个女人样子，将来谁娶你，做事又不灵，将来是饭都吃不饱的日子。"骂完，父亲又捶胸顿足地骂儿子："你自己去镜子里照照，是个什么东西，妖里妖气，像个太监。"最后，父亲忽然问母亲："到底是我造了孽，还是你造了孽。"

父母又吵起来，父亲把酒瓶子、菜盘子、筷子……一样样地往母亲的身上砸。

母亲在喊："要死了！要死了！"

大象耳朵里却在响：14、14。

她忽然从饭桌旁站起，打出一记前手拳，点到父亲的面庞，又打出一记后手勾拳，击中了父亲的下巴。

父亲像一摊烂泥似的瘫软下去。

两拳之后，父亲彻底老实了。他的小脑神经受了损伤，右边耳朵聋了，躺在床上不动还好，但凡下床走两步，晕天晕地，家里的地板就像风暴中的航船甲板。一个 70 公斤的壮年男子，以后出门，不得不坐轮椅。

| 03 |

父亲平日虽然喝酒喝得不像个人，但做油漆活，却蛮有口碑。一年苦下来，一家四口人的日子过得不比旁人差。大象那两拳，拿

母亲的话讲,"把家里的房梁拆掉了"。

家里欠着外债,弟弟还在上学,父亲垮了,挑大梁的任务只有大象担着。为了赚钱,也为了惩罚自己,她经圈里人介绍,去缅甸打了几场拳。

"办拳赛的老板是中国人,在缅甸做赌场,投资了几千万元。做赛前训练时,老板来看我,差点吓死我,他的身后跟着雇佣兵,四五个人端着枪。"

老板有尚武精神,他在赌场里开拳赛,一方面是为了造声势,另一方面也是赌博的新项目。前几个月,老板花重金请来的欧美女拳手连续吃败仗。后来他才察觉,欧美拳手只认钱,收了对家的钞票,在拳台上"反水",故意输掉了比赛。得知真相时,拳手们都已回国,老板气得胃疼,就想还是要找中国的拳手,认定中国拳手大多是苦孩子出身,做事踏实。

老板找到大象时,开出的价码是"打输了3000元,打赢了15000元,包医药费"。那是2004年,国内职工的平均月工资不足1500元。价码对大象很有诱惑力,"介绍人要抽头子,三分之一,但一共有3场比赛,在缅甸待3周,1周1场,全部吃下来,我能拿到3万元"。这是大象两年打工都挣不来的钱。

大象也很害怕,但自己打伤了父亲,弟弟的学费又没着落,只能放手去搏。

赌场里的中国人不少,但没人支持大象,观众嫌她的样子太笨。进场的锣声响了,大象的脚刚踏到台上,观众立刻喝倒彩。

"母猪、母猪。"

"把母猪打回去!"

……

大象抖了抖肌肉,松了松筋骨,尽量不让自己紧张。

对手是个墨西哥女孩,肤色黝黑,一身腱子肉,眼神凶狠,冲劲很猛。裁判还未喊开始,墨西哥女孩一个摆拳先打中了大象的腮帮子,大象顿时眼冒金星。观众的呼声更高了,所有人都在给墨西哥拳手加油。

大象这才意识到,这是地下拳击,不是正经的拳台。这里的结果,只有一横一竖,不行的人,只有躺下,被抬出去,没有平手,不计点数。大象不想倒下,只要不倒,就是她赢。

墨西哥女孩的拳法十分刁钻,大象的腹部吃了各种拳头,呼吸节奏也被打乱了,一不留神,嘴巴又肿得像塞了乒乓球。不过,越是挨揍,大象越是兴奋。她的人生一无所长,只有站在擂台上扛揍,她才觉得自己与众不同,觉得自己受命运眷顾,自己是一个击不垮的天才。

墨西哥女孩越着急 KO 大象,越是消耗体能。这里没有 3 分钟的回合制度,拳手没有喘息的时间。体能耗光了,墨西哥女孩的拳头也"面"了。大象索性放松了拳架,一张乌青黑紫的脸,瞪着两只吃人的眼睛。

"1、1、12、123。"

大象低低地报数,打出去的拳头却十足猛烈,摧毁着墨西哥女孩的身体。不足 10 秒,大象 KO 了墨西哥女孩。现场顿时安静了,转变发生得太快,大伙接受不了,押注在墨西哥女孩身上的钞票,瞬间化成了泡影。赔率从最开始的 1 比 2,变成了 1 比 4。押注大象的，只有寥寥数人，他们欢呼起来，赢得4倍的赏钱。有人把成沓的钞票扔到拳台上，大象想了一下，捡走了，她觉得是自己应得的。"那里的拳台没有荣誉，只剩钱，我也是奔着钱。"

接下来的两场比赛，大象也是啃硬骨头一样地啃下来，全部打完，她已经遍体鳞伤。老板让她治好伤再回国，大象讲："我撑得住，我要回去治，你把医药费也结给我。"老板多给了大象1万元。饭桌上，老板对大象摊牌，其实3场比赛他都已经找好了人，暗里押大象输，明面上只在赌场里跟几个对家做做样子。但他没料到，3场比赛，大象是这样的打法，"癞蛤蟆翻身，硬挺过来的"。

老板输了200万元，但他不心疼。他佩服大象，比男人还要男人。老板劝大象留在缅甸，要给大象码团队，培养她成为职业拳坛的世界冠军。大象敬了老板一杯酒，摆摆手，自嘲命里缺"冠"。

回家后，大象躺不住，虽然一身的伤还没养好，也要出去打工。她没法面对父亲。

父亲每天一大早就坐到轮椅上，自己推着自己，在镇上遛弯，撞见一个人，就问人家"几点了"。他的脑神经受伤后，没了时间观念。

整天看着父亲的惨相，大象的心里不是滋味，她把赚到的钱塞了大半给母亲，立刻出门打工。

她去饭馆里跑堂，进了包间，食客嫌弃她身上的味道，喊来老板，投诉道："这个人身上全是虎皮膏药的味道，弄得我们反胃。"

老板质问大象："就把贴这么多膏药来上班？！"大象不吱声。老板说："要干下去，就把身上的膏药撕掉，要么滚蛋！"大象去更衣室，把身上的膏药一张张撕下来，七八张揉成一团，丢进了垃圾桶，深呼吸一口，说："拳台下面也要处处挨打，我偏不怕挨打。"大象忍了痛，接着跑堂。

在饭店干满一整年，大象成了领班。

| 04 |

2010年，大象虚岁27岁，没谈过恋爱，更没婚嫁的指望。父母心焦焦地招她回去，催她赶紧相亲，赶快嫁人。

母亲在电话里哭诉："家里的另一个（大象弟弟）已经不指望了，书不读了，整天跟一帮跳街舞的人混在一起，打扮得像个妖精。"母亲让大象回来，1年内必须结婚，把这个家的门面撑起来。生孩子就像捉彩票，大奖捉不到不计较，不能两张彩票全都捉鳖，捉成了人家的笑话。

大象也渴望爱情，她暗恋过饭馆的小厨师，那是位北方汉子，块头跟她差不多。下班后，两人经常在一起喝酒，勾肩搭背，无话不聊。下雪天，两人还比过跤，大象把人家摔得服服帖帖。

有次喝了酒，大象跟小厨师说："我的初吻还在。"小厨师说："谁不是呢。"大象就亲了小厨师一下。以后再照面，小厨师总躲着她。人家把她当兄弟，是她越界了。

回老家了，大象并不指望相亲能有什么结果，但为了应付父母，她去见了几个男的。离异的、病残的、40岁开外的……也相不中大象,统一了似的亮出意见:她还是得有点女人样。

父母彻底寒心了,最后一丝希望的灰烬也被男人们的鞋底子拍灭了。父亲整天瘫在轮椅上抽烟,母亲到处求神拜佛,最后信了一位风水先生,让大象把弟弟捉回家,要给他"驱鬼"。

大象听从母亲的指令,去城郊的一片废弃厂区捉弟弟,看到了这样一番场景。

那是凌晨1点,城郊的天桥下面聚着一伙年轻人,个个都是前卫的装扮。有摩托车队驶过来,十几辆帅气的摩托车组成了一个包围圈,年轻人们在圈内布置了两台音响。

嗨曲响起,一个挂大金链子的胖子开始说唱,男孩女孩闪到中间跳起Popping(机械舞)、Breaking(霹雳舞)……一辆哈雷摩托车开到中间,排气管喷出两束火焰。胖子将话筒抛到空中,一个后空翻后接住,单膝跪地,大吼一声:"地下街舞比赛正式开始!"

有个男孩正在人群中喝二锅头,他很白,小块头,面孔精致,是个称得上漂亮的男孩子。大象认出了是弟弟。弟弟一瓶二锅头喝完,酒劲憋红了面孔,他握着那只空酒瓶,摇摇晃晃地上场了。空酒瓶瞬间变成了烫手山芋,在他手上抛来递去,大伙瞅着心惊,眼看酒瓶要摔碎了,又被他一把捉住,原来是舞蹈的垫场动作。

此刻,一段精彩的机械醉舞开始了。

酒瓶在弟弟的手上像一个淘气的精灵,捉不住、握不牢,一会儿吊上空中,一会儿又嵌在空气里,男孩使劲拽,使劲拔,才能将瓶口对准嘴巴。整个舞蹈的步法灵活,更有着不逊于"水晶球魔术"那般的手上动作,将一只"被施加魔法的酒瓶"演绎得活灵活现。

"弟弟蛮好的。他拿了冠军。一个人高兴不高兴，还是一眼能分辨的。"

大象退回去了，她觉得弟弟没问题，至少他在跳舞那一刻，是幸福的。

"父母的心态不好，他们接受不了弟弟'不务正业'。"

大象回到家，对着母亲说，"我不帮你们搞害他的事"。

当时，风水先生的烛火台子都搭好了，老公鸡也杀了9只，挂在房梁上，正往下滴血。见生意被搅黄，风水先生用桃木剑指着大象，说她身上也有鬼。大象一个箭步上前，将风水先生一拳揍倒，夺过那柄桃木剑，掰成两截，丢出去老远。

大象在拳台下动武的次数，只有两次，一次打了父亲，悔得肠子都青掉，最后一次便是打了这位风水先生，更加追悔莫及。

风水先生临走时在大象家的墙根处埋了一碗米，当着大象母亲的面，给家里下了"降头"。村里人也都来看热闹，把大伙唬得面色清白。乡村的迷信风气很重，邻居们都在戳指大象，母亲躺在地上，哭天喊地，眼睛里充满了怨恨。大象心想，无论从哪方面来看，母亲都不应该这样子看待亲生骨肉。

"她满地打滚，逼我认错的。"

母亲滚得衣衫零乱，哭得胸口湿了一大块，肚皮露了出来，圆鼓鼓的，悲壮地起伏着。坐在轮椅上的父亲，拾起一根洗衣棒，砸中了大象的后背。

大象觉得眼前袭来了无数的拳头，她的膝盖不能软，得扛下来。风水先生走了，大象的名声在村里碎了一地，父母气得要死，不许她再进家门。

她一个人往镇上走去，口袋里一毛钱都没有。大象一直走，只有一条路，走到黑夜，眼泪都哭干了。她卖掉了自己的手机，换成一部更便宜的，剩下了210元钱，去网吧待了一整夜。她的脑子里一直在胡思乱想。

她知道自己生出来就是一个错，为了生男孩，母亲从怀她时就开始迷信。她谁也不怨，她理解母亲。她把自己的命运想象成拳台上的对手，正对她猛烈进攻，把她逼进角落，但她扛得住，她咬牙守候机会，酝酿出漂亮的反击。但命运似乎毫无破绽，它接着打出一记重拳，大象被击倒了。这记重拳就是大象的弟弟。

| 05 |

弟弟出事时，大象正在一家婚庆工作室布置场景，这也是体力活，但工作有前途，把所有的婚礼现场跑下来，以后投入2万元买全道具，可以自己接单赚钱。

出工时，场景师傅要把大伙的手机锁在盒子里。干到中午，盒子里一直在响周杰伦的《星晴》，师傅听得不耐烦了，把盒子的钥匙丢出来，讲："谁的电话一直响，接一下。"大象便放下手头的活，取出手机，一看，十几个未接电话都是弟弟的。

大象拨回去，那头却不是弟弟的声音，只有巨大的杂音传过来："韩家栋出事了。"

韩家栋加入了本地的街舞社团。那几年常去吃夜市的本地人，不免撞见过这群街舞青年，韩家栋是最出挑的。他拿着酒瓶，打醉拳一样跳机械舞，伴奏的高潮阶段还穿插了魔术变装。常有喜欢"嗨气氛"的食客，掏钞票请他去餐桌前跳舞。

2010年夏季，一群社会人员在夜市上喝酒，他们戴着金项链，臂膀上雕龙画虎，喝了几箱啤酒。有人出300元，让韩家栋站到圆桌上跳舞。韩家栋只愿在地上跳，那人把300元塞进韩家栋衣服里，忽然抱起他，往圆桌上猛地摔去。圆桌裂了，韩家栋倒地不起，闹事者没了踪影。

舞友们并不在现场，赶来时，韩家栋已经在地上躺了十几分钟，他们立即将他抬去了医院。医生要他住院，第二天拍片子，但韩家栋不愿掏住院费，又低估了腰间的伤势，坚持回到住处。养了一周，他的腰肿得像水桶。

大伙再次将韩家栋送进医院时，情况已经很糟糕了，韩家栋的脊柱骨折了，马尾神经受到损伤，手术费要十几万元，术后再也不能跳舞。舞友们凑了几千元，帮他交了住院费，他只住了两天，就喊朋友把他抬回了住处。

大象后来得知，弟弟受伤后不敢告诉父母，在绝望中撑了七八天，手机里唯一的亲属号码是她这个当姐姐的，打过来十几个，她却没机会接听——那段被锁进盒子里的时间，变成了压死弟弟的最后一根稻草，弟弟绝望了，他躺在舞友们集中租住的城中村民房里，从床底下抠出了老鼠药，狠命地吞下了。

大象去收拾弟弟的遗物，只有一条宠物蟒蛇，跟一堆街舞奖牌，全是冠军——"亚军的牌子领来就扔垃圾桶"。弟弟擅长跳情景街舞，他用舞蹈演出了酒鬼父亲和追求自由的儿子之间的矛盾，舞蹈过程中还加入了魔术——雌雄变装、大变活蛇。舞友们都说,那是最独特、最精彩的街舞,如果韩家栋运气好点,很快就能在国内的街舞圈里跳出头。大象不知道怎么处置宠物蛇,弟弟的舞友愿意领养,大象把蛇交给他们,拎着奖牌回家了。

大象跟弟弟的关系谈不上好,但也存在一种默契——大象从来不认为弟弟有问题,弟弟也常跟朋友们吹牛,自己有个打拳的姐姐。两人从来没有互赠过生日礼物,但生日那天,都会给对方发条祝福短信,有时也会吹牛,"明年我送一副真皮拳套""明年我送一件香奈儿"。

给弟弟下葬的时辰,天下起了雨,没一会儿,乡镇的道路已经能开船。大象想,每一个雨滴也是拳头,她要去帮弟弟讨公道,哪怕要承受比雨滴还密集的拳头。

大象去了弟弟出事的夜市摊,先打了报警电话。不知道什么原因,警察并未立案。况且弟弟已经火化,这起伤害案等于没了受害对象。

报案碰了壁,大象从派出所出来,有位夜市上的烧烤老板找来,把大象拽到偏僻处,告诉她,抱摔韩家栋的人外号"小马政委"。

"小马政委"靠关系走后门,专吃城建项目的建设标,倒卖后赚钱,身边养了很多社会闲杂人员。这人平日嚣张跋扈,又喜欢吃夜市,摊贩们都把他当祖宗。烧烤老板刚来夜市做生意,缺了眼色,凌晨2点要收摊时,拒过他的单子,结果挨了七八个耳光,气一直憋在胸口。

"他来告信,倒不是帮忙一起斗这个人,是劝我放下这桩事。"

大象求老板一起去派出所做个人证,"不到10步路",老板却躲瘟一样地避开了。

第二天,大象摸准了"小马政委"的公司,拿着弟弟的就医材料,闯了进去。那边早都做了准备,"小马政委"并未露面,大象只撞见几个五大三粗的社会人员。他们见了大象,非常客气,桌面上撂了1万元钱,有个满脸横肉的胖子给大象递来一杯茶,告诉她,那天"小马政委"确实花钱请韩家栋表演了节目,也确实喝多了,抱了一下韩家栋,没抱稳,确实摔了一下。这些他们都认。但韩家栋当时肯定没受伤,是能起来的,公司这些人都能做证。后来至于他怎么受了重伤,怎么想不开,"小马政委"只能同情,人道关怀一下。毕竟,韩家栋是跳街舞的,成天猴子一样地翻跟头,受重伤的事情不好赖在那晚的"不开心","小马政委"是大好人,为那晚的"不开心"掏1万元,买单了。

桌子上的钱,大象看也不看,她更不擅长斗嘴,索性坐在老板椅上,只说:"他本人呢?让他本人出来,讲讲清楚。"

这些人立刻变了模样,有人骂了一声,接着有人动手动脚,试图将她从座椅上拎起来,她把那人的胳膊压在办公桌上,三四个人立刻扑上来。她一点不慌,做了几下格挡,这些人都没讨到什么便宜。她说:"是你们先动手的啊。"有人抄起桌面上的烟灰缸,砸向她,血立刻流下来。

大象站起来,让那个人再来,砸猛一些。

刚才给大象递茶的胖子,接过烟灰缸,叽里咕噜地骂着,又砸了大象几下。血已经糊住了大象的眼睛,大象还在喊:"再来啊,再来!"血很热,在大象的脖子上分了叉,爬到她的胸口,爬到她的裤子上、鞋上，又爬到桌面上、地板上。大象看见胖子脸上的横肉抖了起来。

"来啊！再来啊！"

没人敢动了。再动就出人命了。

大象说："你们摆不平我，不把他喊来，我180斤，今天就撂这儿了。"胖子说："不可能，你不可能见到的。1万元不够，给你2万，2万不够，给你3万或者你自己开个数。"大象问："确定他不会照面？"胖子说没可能的。大象抽了几张面纸，把脸上的血擦掉，拳头拧紧了说："那我不能给你们白打。"

大象看着胖子，忽然说："韩家栋才21岁。"胖子还没反应过来，便挨了一记后手拳和一记前手拳。旁边两个人冲过来，她又打出了"113"的连击，边打边喊道："韩家栋才113斤，你们那样摔他？！"又有人扑上来，她躲闪，随即打出了"14"连击："韩家栋拿了14个金奖。"

她喊："韩家栋的生日是4月12日。"

"412"又成了新一轮的连击。

她喊弟弟的手机号码，喊弟弟已经存下来的5位数存款，喊弟弟死亡证明上的日期……数不清的编码，数不清的拳头。

办公室里的男人都倒了，四周的血已经很吓人了，分不清哪一摊是大象的，哪一摊是其余人的。

大象耗光了体力，瘫在椅子上，渴得不行，也看不清楚东西。一个魁梧的男人过来了，他给大象倒了一杯水，大象意识到了，眼前正是"小马政委"。她把杯子里的水喝光了，骂了一声："缩头王八！"

男人坐到她对面，点了一根烟，慢吞吞地讲："你把钱拿了，去医院看看伤。大家各让一步，你打翻的这些人，我不计较。"

大象想把杯子砸过去，手却软绵绵的，一丝一毫的力气都没有了，只剩嘴巴在喊："你跪到韩家栋的坟前面，你跪过去！"

男人走了。大象只听见办公室的门爆破似的摔紧了。

| 06 |

大象醒来时，最先感到疼痛的地方是手腕，然后她察觉到眼睛已经睁不开，身上到处都是肿的，嘴巴里咸糊糊的，牙齿有几颗松了。她动了一下，身体下面是软的，嗅觉开始恢复，她闻到一阵刺鼻的消毒水味道。大象想动一动麻掉的手腕，却发现手上戴了铁铐子。

"少乱动。"

有人呵了一声。

几个警察站在床边，有一群医生和护士站在门口。大象听见他们讲话，警察问医生："没大问题吧？"医生说："都是外伤，没什么要紧的。"警察说："那我们带回去审了。"

进了派出所，大象才知道，自己从讨公道的人变成了犯罪嫌疑人，弟弟的事情没立案，她在人家办公室里斗殴的事，倒在严审大查。

"按道理，要鉴伤报告出来才好拘我。当天就把我拘了，那边几个壮汉，我在派出所都没见过人影。"

关了三天，大象在看守所收到了《逮捕通知书》。那边的鉴伤报告出来了，五个壮汉，其中一个重伤，两个轻伤。女号里的犯人都吓呆了，号长起先见大象呆头呆脑，安排她刷碗刷厕所，看了逮捕令，立刻把大象叫出来，不敢相信地问："你真的一个人打了五个男的？"

大象说："一个重伤，两个轻伤。"

号长说："我要有你的本事就好了，就轮不到家里那个没出息的男人整天揍我。要是我把他揍得在脚跟前爬了，就不用动刀子了，我也不用被关在这个鬼地方。你以后睡头板（第一张铺位）吧，厕所不用你刷了，这里头没人有你的本事。我蛮佩服你。"

也有人为大象鸣不平："一个女的打五个男的，还要坐牢？"

大象没有把弟弟的事情跟任何一个人讲，"公道"两个字，不是长在嘴巴上，也不用贴到别人的耳朵里，"公道"已经是一道气体、一股沉默的劲道，长在了大象的双拳上。

"我当时就想，不管判几年，出狱了，我还要去找那个'小马政委'。"

在看守所待了 4 个月，大象获刑 3 年半。她在监狱服刑时，是裁剪房的运货工，每天拖着板车运送的布料，码起来有好几吨。她每个月都被评为劳动改造积极分子，但每个季度的减刑、假释评估会上，她没一次通过——电脑测出她重新犯罪的概率非常高。

有关心她的干部让她填测试表格时装装样子，她答应了，但等到下个季度去做评估，照旧不及格。报审减刑、假释，最重要的材料是罪犯的认罪悔罪书，她也从来不写。服刑 3 年半，她一天刑都没减掉。

2012年伦敦奥运会，女子拳击正式亮相，监狱的电视里播放了羽量级季军科姆的画面。她是印度人，六夺世锦赛冠军，在镜头里哭着说，等这一刻，等了12年。

大象看科姆看得眼热，她也是12年前接触的拳击。现在，科姆站上了领奖台，而她的面前只有一堵刷了蓝色标语的墙壁——"用汗水洗刷罪恶的灵魂"。

2014年春天，大象刑满前一天，监舍的同改催她赶紧"砸碗"。这是牢里一直流传的规矩，出狱前一天把碗砸碎，意味着从今往后都不再吃牢饭，讨个好兆头。大象却把个人物品都收拾好了，碗和汤勺也洗干净了，交由同改保管。同改骂她"神经病"。她也不解释，只讲："你给我好好保管，我跟你们不一样，我没家人关照，每件东西还要用很多次。"同改说："你坐牢把脑子坐坏了吧。"

第二天，干部送大象到铁门口，掏了200元路费给她，问她够不够。她说："够的，我只要吃一顿饱饭，够得很。"

当天晚上，她就坐到了夜市摊上，守着"小马政委"。

"这人天天来吃夜市，他在这儿摔了韩家栋，我就在这儿揍他，揍他个重伤残，我甘愿去坐牢。既然讨个公道这么难，我干脆就顶上去，我什么都扛得住了，还有什么能难为我。这跟打拳，一个道理。"

事情不偏不倚，"小马政委"当晚前脚从KTV跨出来，后脚就来夜市吃饭了，身后还跟着两男两女。他坐进一家大排档，大象走过去拍了拍他的肩膀，他一下没认出人，像是已经把大象从脑子里抹掉了似的，愣了几秒，才反应过来，立刻大喊："你要干什么？！"

两个随从试图支开大象，一个吃了"背负投"，另一个吃了"脚绊子"，双双摔出去老远。"小马政委"拎起旁边桌子上的啤酒瓶，在大象的脑门上敲碎了。大象不躲不让，眼睛瞪得他发毛。她对"小马政委"说："我蹲了3年。"接着打出一记后手摆拳，又喊"3年"，嘶，"3年、3年"，嘶嘶……她像在擂台上打比赛一样，暴打"小马政委"。

"小马政委"抱紧了脑袋，但他的胳膊很快就被大象的拳头打松掉，面条一样挂了下来。大象最后那一拳，打得很舒适，拳面击中了"小马政委"的眼睛，力感很好，但大象心里咯噔了一下，本能地意识到"最猛的一拳恰好打在人家最软的部位"。

"小马政委"挨过拳的那只左眼已经肿得不像话，夜市上早都有人报警，警察是五六分钟后赶来的。这一会儿时间，"小马政委"的左眼忽然爆掉了，脓血从眼眶里冲出来。

大象的野全部撒尽了，疲软的身体有些发抖，她忽然感到了一丝丝恐惧，原来用暴力摧毁一个人是这样的不安，哪怕摧毁的是仇人。

大象被拘押1周后，"小马政委"的左眼被鉴定为重伤，鼻泪管和内眦韧带全部断裂，手术恢复后，左眼的视力几乎为零，面容也受到严重的影响。

大象是累犯，从重判罚，获刑6年半。

她在看守所的几个月里，收到过几次陌生人的"大账"，每回都是2000元。大象猜想，"应该是做夜市的老板们吧。他们没有为韩家栋做证,愧疚,又看见我暴打'小马政委',也佩服"。

大象认定自己讨回了公道,公道就是"小马政委"眼睛上的那块肉疤。她也为了这个公道,付出了代价。她认为,这就像拳手为了冠军,扛遍暴风骤雨般的拳头。

2019年第二季度,大象拿够了改造成绩,可以申报减刑,但彼时的减刑政策有了调整,申报材料里需要一份受害人的谅解书,大象知道没戏,但干部去做工作,竟然拿到了这份材料。

"干部告诉我,找他时,他的态度蛮可以的。那当口,正好也是扫黑除恶嘛,他也懂低调。"

干部帮着大象做分析,"小马政委"精明刁钻,关键时刻拎得清,能辨准时势,利益为上。他怕大象出狱后再去闹事,翻出他作恶的老底子。出具谅解书,是为了缓和关系,解除矛盾。

"也可能是我用拳头教育了他,把他打出来点人味。"

| 后记 |

2019年10月,大象减刑1年,出狱后她去夜市上吃了一顿,一群老板立刻认出了她,全在给她鼓掌。

烧烤摊老板给大象烤了10个柳条羊肉,端过去,非得跟大象喝两杯,他拍着大象的肩膀说:"你真是个狠人、牛人。"

大象跟他碰了几杯,说:"我不要做狠人、牛人,我只想做个女人。"

# 悔罪十二年

## 01

2009年夏末,小夏刚被分进文教队。文教队一共24人,大伙跟流浪儿童似的,在全监各个直属监区都待过。直属监区一共6个,入监监区、出监监区、伙房监区、医院监区、高危监区、老残监区。

当时,队里要搬去老残监区住一阵。那年小夏才20岁,年轻人得多干活多跑腿。小夏扛着大包小包往老残监区跑,累得满头大汗。有个同改陪小夏一块打头阵,两人想歇歇脚,一起躲进了老残监区的水房。

那是个30多平方米的空间,水磨石地面,水泥盥洗池子,墙皮发霉翘边,四周阴暗潮闷,头顶架着晾衣竿,挂着一连片的湿被单。

小夏听见了水声,滴答滴答。

水房里似乎还有其他人，同改不信，掏出烟和打火机，这两样东西不许随身携带，但他向来自有主张，胆大不计后果，是个涉黑犯。

"你去看看，是犯人，发根烟给他，是'条子'，就地灭口。"

循着声，小夏看见盥洗池里有一只蓝色塑料盆，一个生锈的水龙头正不停滴水，盆里的水溢了出来。水龙头上方贴着"节约用水"的标语，也或许是小夏受不了那水声，竟准备去关上那个水龙头。

走到近处，小夏吓了一跳。那是令人毛骨悚然的一幕：一条粉红色毛巾浸在一堆肥皂泡里，毛巾下面盖着一整条小腿，腿肚子上还贴着四五片膏药。

小夏跑回同改身边，冲他惊呼。

"池子里有条断腿！"

同改已经点上了烟，脑袋躺在一堆烟雾里。

"嗯，带去伙房开荤。"

他朝小夏喷烟，一副谑浪的腔调。

"不信你去看。"

他叼着烟，似笑非笑地盯着小夏，朝盥洗池走过去。不一会儿，他拎着那条小腿走过来，骂道："呆子，抖什么啊？假腿。"

| 02 |

等搬来老残监区，几天日子过熟了，小夏知道了那条义腿是老方的。

老方是老残监区的后勤组员，负责监区卫生清洁。这人40多岁，大块头的黑大汉，因交通事故缺了左小腿，也因那场事故获刑17年。

准确点讲，那不是一场普通的交通事故。

2000年，老方买了辆面包车，不仅花光了他的退伍费，还挪用了几个亲戚的钱。当时他刚成家，老婆看中他当过兵的身板、老实本分的性格，没嫌他穷，不顾娘家人反对，硬从家里搬出来与他合了铺。两人没领证，但和和睦睦，过的是正儿八经夫唱妇随的生活。

老方买车两个用途。

他有个朋友在菜场管理处，介绍了运输瓜果蔬菜的活给他，就缺辆车；菜市场的活，5点前就忙完了，妻子在中学门口摆早点摊，车子开过去，顺道能帮衬她，出摊收摊多方便哪。

车开不到一个月，出事了。

他去郊县运菜时撞了人，那人带个黑帽，从一棵梧桐树后面突然冲出来，车头顶了那人。他赶紧下车查看，是个男的，满脸络腮胡子，浑身酒气，脑门磕破了，血流一地。凌晨3点多，天色乌漆漆，路上静悄悄。他蹲下来，唤了男人几次，又伸手探探他的鼻孔。人没死，晕了。

他把人抱上车，踩足油门往医院赶。路上经过一座三十几米长的水泥桥，桥堍处长满一米高的荒草，两个桥洞被乱草埋了起来。他瞥了洞口一眼，突然急刹车，把人抱进了桥洞。临走前，他反复检查了那人的手脚，没有骨折的地方，老方猜想他清醒后有能力自救。

老方开车跑了，他怕承担医药费。小日子刚见起色，不能这么被这场不大不小的车祸给搅了。

"倒不如撞人时就跑,路人见了能搭救一把,就没后面这些事了。"

那人在桥洞里死了,警方的尸检报告显示,左侧肾脏破裂,失血性休克死亡。也就是说,老方要不把人藏桥洞,那人完全有抢救活命的机会。

警察把他逮进了派出所,老方如实交代,口供上签字时,他听旁边的警员小声议论,"这案子转性质,大了去,成故意杀人案了"。听完,他吓死了,杀人得偿命哪,老方借口要上厕所,两个警员站在厕所门口守他。那是 3 楼,谁知道真有不要命的人呀。老方戴着手铐从 3 楼跳了下去,还真让他跑了。

他在亲戚家躲了四十几天,左脚疼得不行,偷偷摸摸去了医院,才发现,左小腿的胫骨和踝骨都折了,并且胫骨部位已出现坏死。

警方早就跟大小医院打过招呼,发了通缉照片。这回,警察不怕老方再跑,他在医院被监视居住了半个月,愣是没上铐,因为医生刚给他做了截肢手术。

03

老残监区总有鸡犬不宁之时,一群年纪大身体又有残疾的犯人堆起来过日子,麻烦事不断。有一天,管教紧急抽调年轻犯人帮忙,小夏被抽中了,提着消防水管急冲冲往 106 监舍跑。

可不是去灭火。

管教冲在前头，武装带上的钥匙丁零当啷直响，小夏提着消防水管紧跟后头。两人你追我赶，在106监舍门口刹住了脚。管教来不及顺气，哑着喉咙命令小夏："给我冲。"

小夏瞪眼一瞧，妈呀，一缺牙老头右手拎着粪桶，左手拿着碗，舀一瓢泼一瓢。监舍里的犯人惨叫着，东躲西藏，唯恐避让不及。管教见小夏有些迟疑，又下达命令，语气不容置疑，眼底深处透着一股果决。"给我冲！"

小夏掰开水阀，一根水柱朝老头投掷了过去，击中他手中的粪桶，屎尿溅到了天花板上。老头被水柱压着后退，撤了两三步，他顶不住了，屁股着地，瘫在一摊浑水里。

老头有个患有精神疾病的儿子，在村庄杀了人。老头自己动手，一锄头了事。66岁，蹲了大狱。

泼粪事件发生在那年秋季，老头请示管教，说家乡麦子熟了，他要请假7天，回去抢个农忙。管教训他一顿："把监狱当度假村吗？坐牢还想着请假，回去。"老头脾气犟，回到监房就开始泼粪，监舍成了他惦记的家乡一亩三分地，粪水泼来洒去，像是指望还有什么东西能在剩余的牢狱岁月里发发芽。

这趟活忙完，管教派给小夏支烟，让小夏去吸烟房歇脚。接着，又让监房的犯人清理卫生，犯人们骂骂咧咧，都不乐意。管教顺手招呼老方，让他收拾残局，复原监舍卫生。

老方走起路来跛得厉害，右脚大大方方迈一步，身体晃一晃，义腿快速跟上，屁股抬高一下。他端着盆，一瘸一拐过来了，先是倒了半瓶开水，再兑上自来水，取了毛巾递给老头洗脸。监房里的人都出来了,光剩老头和老方。老头洗完脸,帮忙泼水冲地,老方拿起了拖把,两人没说一句话,默契地合作了起来。

看见这一幕,小夏的心里有股说不出的滋味,把烟夹耳朵上,离开了。

| 04 |

文教队在老残监区寄居了3个月,要搬走了。棋友、牌友们聚在吸烟房抽烟送行,老方一瘸一拐地来了,倚在铁栅栏门上,盯着我们看了一会儿。小夏掏一支烟递过去,他摇摇手。小夏刚把烟收回来,他弯腰捡起一个亮着的烟屁股,嘬了两嘴,吐了一大口烟雾,一瘸一拐地离开了。

"老方什么意思?"

小夏很生气。

"老方就这样,谁的便宜不占。"

"他其实烟瘾很大,但一包烟不买。"

"每个月的岗位报酬,他都不动,只买4个信封、4张邮票。"

……

朋友们你一句我一句,说起了老方的事。

老方刚入狱那会儿,晚上睡不着,总听见女人的哭声。老残监区挨着大门口,距离高墙电网只有两三米,老方听着,哭声是从围墙外面传进来的。他拉着同改去听,两人站在距围墙最近的窗口细听。同改不耐烦了,说听不见,让他少疑神疑鬼,赶紧上床睡觉。

老方往床上一躺,又听见了哭声。

这种情况持续了四五年,老方每晚入睡困难,搅得同改们也不安生。监房情况汇报周会上,总有人跟管教反映情况,大伙申请调走老方。

2005年,监狱成立了心理咨询室。老方这情况,管教第一个给他申请心理治疗,心理专家很快给他找到了病根。

面包车撞死的男人有个老婆,当年案发后去医院堵过老方。老方做了截肢手术,本来要监视居住3周,那女人总在病房门口闹事,警方只好提前一周把老方送看守所了。

女人趴在医院大厅号啕大哭,非要当面跟老方讨个说法,问问他为什么要把人藏在桥洞。

老方落下了心病,时不时产生幻听。

心理医生到了监房,站在窗前,让老方指给他看,哭声是从哪个方位传来的。老方辨出了方位,确信无疑。第二天,医生告诉老方,他在墙外钉了一个信报箱,嘱咐老方每天晚上写信。白天上班了,他会帮着投进去。

这方法奏效了,老方的状态渐渐好转。后几年,他写的少了,每周写一封,养成了固定习惯。

| 05 |

文教队搬走后,小夏很长时间没见过老方。2012年元旦,小

夏给老残监区出板报，在大门口撞见他了。他穿着一身蓝色运动服，拎着一只咖色布袋子。两名工作人员正在查一堆信件，他盯着那些信件，急等着。小夏靠过去打招呼："老方啊，回家啦？"他对小夏笑笑，从口袋里摸出一包中华，发小夏一支，又给周围人散了一圈。

大伙接过来，问哪来的，老方说管教给的。大伙一想也是，他这么多年，苦活脏活一起干，管教这也算重感情。

我们都夸这是喜烟，老方笑笑，不说话。工作人员查完了信件，他拉开袋子，把信件都装了进去。管教出来了，冲老方招招手，送他去办出狱手续。老方冲大伙笑笑，一瘸一拐地走了。

"老方还算减刑顺利，17年减5年，不错了。"

"每月攒个几十块，12年攒了几千块，说要给那女的寄去。"

"他改造蛮用力了。"

"用力了，用力了。"

……

大伙儿在吸烟房抽着喜烟，回顾起老方的改造情况，又聊起老方的为人。一群平时嘴里没好话的劳改犯，竟挑不出老方的任何毛病，都是夸赞的话。

"老方造的孽有多大，我们不是受害者，体会不出，但人家的改造着实够硬气了，这点我们比谁都有体会。"

小夏补了一句，画板报去了。

## 06

3年后,小夏出狱了,有狱友把小夏拉进一个微信群,起先里面只有十几个狱友,后来人拉人,群友多达五六十人了。

老方也进群了。

大伙抢着跟他打招呼,都念着他。每个人多多少少,在牢狱卫生这一块,都从他那受惠过。他也很客气,逐一问好,记得不记得的都互加了微信,还在群里接二连三地丢红包,热络又大方。

他的朋友圈更是派头十足,豪气冲天。所有的照片,要么是站在舞台上光鲜亮丽地发言,要么倚在豪车旁亮出总裁之范儿,西装裤把他那条义腿遮掩到看不出瑕疵。

小夏私信老方:"在哪发财?"他立刻回复:"做投资。"

老方之前给小夏留下的印象,可叹又可怜,如今摇身一变,人家发达了。小夏很惊奇,追问他:"做什么投资,还能带带老弟?"

他迅速发来一段长文,应该是提前复制粘贴好的。

"统资联电子商务公司,首次投资满3000元即成为VIP,逢周三返现100元,48周截止。3000元投资总额,收益为1800元。"

这段话之后,他又补充一句:现在投资,送实物奖励,收益不变。

小夏一时没弄明白,他语音给小夏解释:

"我现在买了100单,就是投资了30万,每周三可以拿到1万元返现,1个月就是4万,48周,1年不到,我就能挣18万。然后再复投追加,财富翻倍也就一年半载的事。"

小夏问他哪来这么一大笔钱投资的,他说:"东挪西借呗,这是

... 161

不用动脑筋的钱，不挣白不挣，而且投资30万领了30万的实物奖励，现在公司帮弄个超市，两头获益。"

说完，他建议小夏也投资统资联，成为他的下线。他许诺，能帮小夏争取更多收益，投资满50单，帮小夏开个小超市。

小夏有亲戚从事理财相关工作，耳濡目染了一些基本的金融常识，知道这个统资联项目就是个"大庞氏"（庞氏骗局）。

那天聊完之后，小夏就不搭理老方了，顺手还屏蔽了他的朋友圈。

| 07 |

2016年元旦，老方在微信群发了祝福语，照旧丢了几个红包，接着又私信了小夏，问小夏投资的事考虑了没。

小夏当时状态不好，出狱小半年没找准合适的工作，眼下又明摆着一个熟人要坑自己，就生气了。

小夏说："老方，先借我1000块钱，年底我能结一笔钱，4万多，到时先从你这买个10单。"

老方二话没说，给小夏转了1000元钱。他不知道小夏玩了一手骗中骗，以后每回找小夏，小夏都不再回他消息，群里@小夏，小夏也只是敷衍两句。

转眼，到了2016年10月。当时，小夏时来运转，靠写文章弄出了点小名堂。群里有人转发小夏的文章，老方看见了，私信小夏。他说："不找你讨钱，统资联爆雷了，找你写篇文章揭露一下，方便讨回余款。"

不等小夏答应,他直接发了一堆照片和文档资料过来,照片上是一群人哄抢超市物资的画面。老方解释,这就是他的超市,爆雷后下线来找他算账,抢了他的超市。

了解这些情况后,小夏知道他也是受害者,便决定去见他,倒不是想帮他写文章,是想把1000元钱还给他。

他们在一家小饭馆照了面,老方的样子和朋友圈里展现的简直天壤之别,他的脸上长了一层黄垢似的硬斑,头发蓬乱不堪,脖子上还有一圈血印。

"哎,亲戚上门要债了,一通乱挠。"

他跟小夏解释一句,坐下后开始招呼点菜,势必要抢着请客了。小夏拦过来,直截了当地说:"你求我那事,难办。我不是新闻记者,写不了那东西。别看我发了几篇文章,那都是卖经历,还没有替人申冤做主的能耐。"

老方听了,略略失望。趁机,小夏赶紧将1000元钱递给他。他没伸手,小夏拍在了桌面上。

"你在里面不是挺好的,怎么出来了,琢磨上这种行当了?"

老方没接这话,叹叹气,转了个话题,说:"出来后遇上一桩伤心的事。"

老方刑满后，本想去找那个女人，他在监狱里写了这么多年信，都是写给她的。但一细想，找她很不合适，很容易被误解成骚扰受害者家属。他考虑了一下，决定去那个桥洞，一把火，把信烧给那个男人，再磕几个头。

坐牢 12 年，他攒了几千元钱，想悄悄塞到男人家里。他琢磨，男人家离桥洞不远，判决书上他见过男人的名字，跟村民打听一下，肯定找得准。

两件事做完，当年那事才能在他剩余的人生里翻篇。

在桥洞烧信时，几个村民赶来制止了他。那地方早就不是当年的荒郊野地了，周围建了河堤，有卫生专管员。

信烧不成，他就跟村民打听男人家的地址。村民们指了指方位，问他："你去那干吗？他被车撞死了，他女人也不在家，坐了几年牢，出来后早改嫁跑了。"

他问村民，那女人为什么坐了牢。村民说，骗保。

一男一女是村里出了名的懒汉闲妇，两人都是外乡人，男的欠了赌债，夫妻二人就在村里买了间小平房，躲债来了。躲了几年，两人干脆迁入户口，定居了下来。

男的以前出过一次车祸，醉酒后骑自行车，被汽车碰了。七七八八赔的钱，是医药费的五六倍，男的觉得这是个生财之道，专搞碰瓷去了。也被人怀疑过，人家也报了警，说车子根本没往人身上去，人就趴到车盖上了。但警察管不了，那年头乡镇地带的道路没有探头，车里也没装行车记录仪。而且，男人每回身上都带点伤，大部分时候伤在额头。

额头上皮薄，容易破，且血多，破了就满面挂彩。

男的每次出门碰瓷，女人要帮他料理好三件事。第一件是备酒，酒壮贼人胆；第二件是备帽，一顶黑色鸭舌帽；第三件是备磨尖的瓦片，男人用来制伤的。

选中了车，男人灌上一瓶酒，瓦片敲破脑门，带着黑帽迎车一碰。每回出活儿，男人没吃过亏，就在老方那栽了跟头。

男人那次想捞笔大的，事前买了商业保险，真心想让车子碰出点伤来着。没想到，一个酒喝多了两口，没把握好冲出来的最佳时机，另一个开车猛了点，把人撞晕了、肾脏撞碎了，加上起了鬼心思，又把人藏桥洞了。总之，是诸多不巧，才出了当年那桩愈演愈大的事。

女人去医院哭闹，是做样子给保险公司的人看。当时，保险公司已经开始查她，农村妇女没什么办法，就玩起了一哭二闹三上吊的土办法。后来保险公司掌握了证据，警察介入了，她便被判了几年刑。

| 09 |

老方知道这些情况后，整个人就不行了，瘫在了桥洞里。

那天起风，老天爷尽戏弄他了。一阵风漫进了桥洞，他那堆没烧完的信都被卷了起来，村民们就帮他捉。捉到手上，难免被人家看两眼。几个村民都知道他是谁了，抓着信去喊其他村民，没一会儿，他就被乌压压的村民堵在桥洞里了。

村民们把他那堆信传来传去，他腿脚又不便，抢也抢不回来。村民们觉得，那一男一女碰瓷的，不是好人，老方撞了人把人藏桥洞，更是坏良心的。大伙都嚷嚷着，这事是老天爷开眼，教训坏人，一箭三雕。

那天的荒诞场面，老方一点也不想回忆了。总之，把他上辈子和下辈子的自尊心都伤透了。

老天爷开了他的国际玩笑，他心里亏得慌，心态崩了，觉得身边每个人都不是东西。他仇恨社会，但又没能耐跟谁去较量。想了想，金钱社会，他就梦想发财，试图用钱来挽回点什么，打败些什么。

统资联项目失败了，他仍旧不服气，杯酒下肚，十分悲壮地下了一番发财的决心。

"反正残废了，不行就赌命，我就不信，老天爷真那么脸皮厚，亏待我一辈子。"

小夏也不好劝他什么，只能劝他少喝点。

| 10 |

2017年初春，群里进了个新人，那人小夏有印象，但不熟，以贩养吸进去的，蹲了不少年，刚出来。

他在群里发了一些不堪入目的视频，又发了一堆文字：

"招人，招人，不想做兄弟的不招，不想发大财的不招，瘪三胆小鬼不招。"

有群友调侃他："干吗，要抢银行去呀？"

那人没接话，直接回复："等钱用的兄弟，联系我，事情油头肥，找信得过的人。"

接着发了一串电话号码，然后他就"潜水"了。

2017年冬天，有群友因寻衅滋事，被抓进看守所蹲了小半年，刚放出来，他就在群里发了一串表情包，显得很兴奋。

"你们猜我在号里碰见谁了？"

七八个群友跟问，还有谁回炉？

"老方。"

十几个群友冒出来了，跟问老方犯了什么事。

"运输毒品，2公斤，塞特制的假腿里，黑大巴上被武警抓了。"

小夏看到这条消息，大吃一惊，立刻问："老方咋接触上毒品了？"

意想不到的事情发生了，群主把人都踢光，群立刻解散了。那个散布老方消息的群友跟小夏不熟，并没有互加微信。

后来，几个熟人又建了一个群，大伙续着聊。

有人分析，建群的人可能就是为了挑"脚夫"。他早就有所耳闻，这帮人办事很绕，老方即使被抓，大概率也供不出谁，没任何立功的机会。

"妥妥一颗'花生米子'，跑不掉了。"

"老方以前改造真用力的，这次没有再深造的机会了。"

......

大伙七嘴八舌聊了好一阵儿,之后几天,仍旧会聊起他,再之后就慢慢淡了,老方这人也在大伙的印象里翻了篇。

几年后的一个冬天,小夏有天梦见了老方。梦有时候很奇怪,你已经忘得干干净净的人,会突然出现在梦里。梦境就是他走路的姿势,右脚大大方方迈一步,身体晃一晃,义腿太沉重了,没能跟上,整个人摔了出去……

# 忧伤的奶水

| 01 |

2016年3月的一天早上,萍嫂的名字出现在公示栏上,大家正蹲在走廊上喝稀饭,眼尖的人就喊:"萍嫂,快来看看,你的申请下来了。"

这是一份"保外就医"的批示,戳着中级人民法院的鲜红印章,在贴满了"扣分""警告""二季度减刑假释名单"的公示栏内,十足抢眼。

萍嫂小心小胆的,从人堆里挤出来,身体不敢站直,端紧一碗稀饭,半蹲着往那儿挪。

马警官是个高胖的女人,她在警务台翻报纸,听见外头的吵闹声,挎着武装带走出来,眼神四处盯扫,正想拎出不守秩序的人,训斥一番,萍嫂跟她的目光碰上了,却是她先瞥到别处,转身又回到了警务台。

有人瞧准了事情的苗头,就喊萍嫂:"没事,你站过去看,马干部凶谁也凶不着你。"

萍嫂慢吞吞地站起,她瘦得不能再瘦,脸上的皱纹,侵占了大半张面孔。她看清了那张批示,上面写了她的名字,张爱萍;年龄,39;罪名,爆炸罪;刑期,无期徒刑;保外就医情形,疑患乳腺癌中晚期。批示的下面附了监狱医院的诊断报告书、狱长的签名和驻监检察院的印章。

"萍嫂,批示什么情况?"

"准了。"

等萍嫂回到人堆,身边的两个人忍不住议论。

一个人说:"蛮好蛮好,好歹是出去了。"

另一个人说:"好什么好,就是让她死在外头。"

前面那个人又说:"死在外头也比死在里头好呀。"

这两个人,一个跟萍嫂一样,在里头落了终身户,另一个才判了两三年。

4月6日夜里,春风从铁窗口漫进来,监舍的人都睡得很香,萍嫂却怎么也合不上眼。她的乳头溢出了浆状液体,双乳胀痛难忍,还有了糜烂的迹象。

这个夜晚之后,她就要出狱。白天,马警官找她谈心,平常一个威风凛凛的人,却软声软气地安慰她:"这个病也蛮好治的,只要弄掉就妥了。"

萍嫂清楚，马警官的"弄掉"，就是把乳房切掉，这对平常的人来说，倒也不算天大的难题。割舍掉一处女性的特征，就能换一条命。但对萍嫂来说，跨出牢门，她就只有等死。她没有治病的本钱，也没有医保，更加难受的是，她也没了关照自己的家人。

这一夜，萍嫂的脑子里都在放电影，一幕一幕的往事，全飘浮在床头。

她看见 18 岁的自己，那时的自己丰硕有劲，她和男人在市里的工地上干小工，活做起来很卖力，拼谁都拼得过，一天赚 30 元，一顿吃两大碗米饭。后来，她怀孕了，工地上危险，就回了老家，但日子太有奔头了，哪里歇得住，她挺个大肚子去镇上的爆竹厂做工。那时爆竹厂的生意太好，肯做工的，什么人都要。

厂长是个跛子，走起路来，屁股一高一低，女工们都拿他开玩笑，喊他"翘屁股"。他也跟女工们开玩笑，在谁的屁股上拍一下，在谁的胸口撩一下。他是没老婆的，因为是天生的残疾，买过一个女人，孩子没来得及生，又跑掉了。好在他有财运，抓牢了时机，成了乡镇上的创业能人。大伙都瞧得出来，他有野心，要赚大钱，要娶天仙。爆竹厂有二十几位女工，七八位男工，还有几个跑进跑出的小孩子，做一些零活。

有个叫丹丹的，不知是谁家的小女孩，才 6 岁就送过来，拆书、包纸、捣黄泥，像个熟练工。丹丹的头发枯黄，人又瘦，骨架子好像顶不牢那颗大脑袋，一副营养不良的样子。但她的一双大眼睛却亮得十足。她总盯着萍嫂的胸口看。

萍嫂那时生下了女儿，男人不大高兴，第二天便收拾东西回了工地。萍嫂清楚，男人盼儿子。她也想争口气，在家歇不到 5 天，又来爆竹厂做工。二胎的罚款，要靠夫妻二人苦出来。

娘家送来的十几尾野生鲫鱼养在水缸里，她每天炖一锅鱼汤，奶水养得充足，出工时胸口的衣裳总会湿掉一大片。小女孩循着奶腥气就过来了，她蹲在萍嫂的工位旁，手上的活不敢停，那双亮亮的大眼睛，却肆无忌惮地盯紧了她的胸口。

工友们都说："萍嫂，你喂一口丫头呗，丫头馋死了。"

萍嫂的脸都红了，讲："她都多大啦，还馋奶吗，害臊不害臊的。"有工友说："小丹丹没娘呀，她是她卖鱼的爷爷捡来的，没叼过一天的奶头子。"

丹丹忽然站起来，将一块黄泥砸到那人的身上，喊着"我有娘，我有娘"，哭喊着跑开了。

牢门里的最后一个夜晚，萍嫂的脑子里全是这些十几年前的旧事。

她想累了，合了一下眼皮，没一会儿，监舍的铁门被敲响了，大夜岗喊："萍嫂，外头有人要见你。"铁门开了，萍嫂出去，看见丹丹站在监舍走廊上。她问："丹丹，你怎么寻到这儿来的？"

丹丹不说话，眼睛就像从前那样，盯紧了她的胸口，忽然，丹丹的眼眶里冲出来血水……

"萍嫂，醒醒，干部带你办出狱手续了。"

萍嫂从床上弹起，刚刚只是个噩梦。

## 02

要出狱了，萍嫂走在监区长廊上，监房的铁门口趴着好多东张西望的人，萍嫂处过的几个姊妹全在掉泪。

"萍嫂，别人出去，我们希望她赶紧滚得远远的，一辈子不要再回到这个地方。你不一样，你出去了，赶紧回来，我们二线的服装工艺得指着你。"

一个姊妹抢到铁门口的一处缝隙，拖着哭腔跟萍嫂讲话。

领着萍嫂办出狱手续的人是马警官，她也帮腔："你们赶紧开封，不要再瞎嚷嚷了，张爱萍把病看好了，我马上就把她带回来。"

出狱的各种手续走完，马警官把萍嫂服刑15年的劳动报酬拿过来。统共5000多元，装在信封里。

萍嫂服刑期间一直是劳动能手，每月的劳动报酬照顶格拿，还拿过几次100多的，但平时她也得用钱，要买妇卫用品，还会买一些小零嘴，余下的钱怎么也不应该超过2000元。

萍嫂摸着信封，不敢往兜里揣。

"拿着拿着，我们几个当班的警官也往里头搭了几个，你都待了这么些年了，是我们眼跟前的熟人了。出来这道铁门，就已经变成朋友层面的事了。拿着吧。赶紧把病弄掉。"

萍嫂的眼睛热了，声音沙哑了，只有喊："谢谢警官。"

铁门开了。萍嫂孤零零地往路上走，一个戴着手铐的女人与她擦肩而过，她回过头，那个女人也正瞧她。萍嫂看清了，那是15年前的自己。

15年前，铁门也是一样地开着，萍嫂孤零零地进来。从此，15个春夏秋冬就被一场爆炸案掩埋在炮火的灰堆内。萍嫂的整个人生也陷进了这一堆灰烬，永不得抽身。

那是2001年的酷暑天，天气热得不像话，厂里的变压器都冒了白烟。安全员忙得满头大汗，老板把运货的面包车腾了出来，亲自运冰。车间里隔开几米就放一整块冰，女工们把绿豆汤塞进冰眼，打盹儿时，便掏出来喝上几口。

那天，运冰的车堵在厕所门口。萍嫂刚给5个月大的女儿喂饱了奶，她想小便，一下腾不开手，就把女儿往敞着门的货箱里一放，货箱里的冰块刚卸完，正好给女儿过一过凉气，小家伙的脖子上热出了痱子。

等她从厕所出来，那辆货车已经没了踪影。她大哭大喊，顶着烈日，追着货车驶去的方向跑了1公里，一双害了甲沟炎的脚，跑出一鞋的脓和血。她又赶紧拦车，往制冰厂赶。厂里的其他人也在拼命地找老板，电话也打不通。那辆货车是老板亲自开走的，即使货柜里刚刚托运了冰块，那样的酷暑天，在太阳下面曝晒1个小时，货箱内的温度也足够闷坏小孩。

2小时过去了，萍嫂在制冰厂没有找到老板，也没盼来那辆货车。帮忙的人，更是什么都没寻到。

很多人劝萍嫂，不用瞎想，"翘屁股"的眼睛不是长在屁股上，他估计看见小孩了，故意开车溜她。

过去了5个小时，已经有人开骂，"翘屁股"没点数吗，死到哪里去了，小孩也该吃奶，玩笑不能这样开呀。

挨到夜里，萍嫂早都预感不好，已经哭得没了力气，派出所也去了两趟。凌晨1点，工人们都回家了，萍嫂拦在厂房门口，痴痴地等，却只等来两位领她去认尸的警察。

原来，厂长运完冰，就把手机关机了，开车去了15公里外的"皇城浴场"。这是他的习惯，也是犒劳自己的方式。那天他满身是汗，也躁得慌，便蒸了桑拿洗了澡，补了一个长长的午觉，准备夜里再去厂里忙一些杂活。等他从浴场出来，打开货箱门，才看见萍嫂的女儿，顿觉大事不好。送去医院才十几分钟，医生便宣布小孩子已经死亡。他只有报警。

派出所的口供上，他后悔自己有个抬脚踹车门的习惯，或许是因为天生残疾，他格外喜欢在两条腿上较劲儿，平日里常练习跳远、高踹，渐渐地就养成了这种用脚关车门的习惯。如果他是正正经经地用手关上货箱的门，不应当看不见这个孩子。

坏事出了，厂长也赔了钱，萍嫂却恨这个人恨得不行。

萍嫂的丈夫把赔偿款收了，对剩下的事过问不多，只叫萍嫂不准再惹事。萍嫂清楚，男人瞧不上头胎的女儿，但肉是从她自己肚子里掉出来的，这种痛、这股恨，旁人怎能体会。

也不清楚是什么人，也不知道打哪儿开始，反正镇上起了这样的流言：没出事前，"翘屁股"总爱看萍嫂给小家伙喂奶，不然，她怎么偏偏把小家伙放在人家的货车里。

兴许是急于撇清关系，兴许仅仅出自恨，反正在那个酷暑的夜里，萍嫂的脑子忽然膨胀起来，就像藏不住的一把火。她想到开摩的的表弟，院里囤着3个酱油桶的汽油，她跑过去，跑丢一只鞋，将汽油桶通通拎出来，淋进厂房的后窗户里，点起了一把火。

那个沉闷的夜晚立刻喧嚣起来，爆裂的火光冲亮了暗色，气浪将厂房的屋顶掀翻。火越来越大。有火星不断升上去，将什么都烧塌了。等消防人员赶来，扑灭了火，厂房烧得只剩下一小堆。

房梁被烧塌了，正好砸在几块碎砖头上，梁木的空隙间传来阵阵小孩的哭声，武警把人救出来，众人发现，命大的孩子竟是丹丹。她吃晚饭砸了碗，怕爷爷骂，躲在车间里过夜。爆炸时，她全身都被梁木压住了，除了头发被烤焦外，其他地方倒是完好无损。

萍嫂是被关进看守所后，才晓得丹丹的眼睛看不见了。

| 03 |

监狱的东郊有花农正干活儿，萍嫂花 10 元钱给自己买了一束花，她从来没为自己花过这种钱，今天是不一样的气氛。这算进步了，懂得对自己好了。那个春天又非常燥热，萍嫂走在路上，蜜蜂在她的头顶和花上打旋儿。

萍嫂有一些就病看医的手续，得找前夫商量着办。那个男人，在她入狱 2 年后才来探监，塞给她的是一份离婚协议书。萍嫂踏进牢门，似乎卷走了前夫人生中的所有霉晦。眼下，他的人生有了很大的转变，成了手握 4 套房的拆迁户，再婚后也盼来了儿子。

萍嫂进了城，所见的四处全是与她没有关系的热闹。她忽然打了退堂鼓，不想治病了，不想去见早都不相干的人。她在城里到处逛，没头苍蝇似的，逛到太阳落山了，终于摸准一家盲人推拿店，店名叫"舒康盲人推拿中心",小心翼翼地推门进去了。

"推拿吗?"

一个盲人男技师坐在门边的沙发上剥指甲,听见店门上的铃响了,立刻问道。

"我先看看,先看看。"

萍嫂仔细地瞅了一圈。这家店上下2层,200多平方米,有12个盲人技师,4个包厢,23张床位。

五六年前,表弟去监狱看萍嫂,就聊起过这家店。之前表弟盖房子差了1万元钱,萍嫂背着丈夫补给了他,那天,表弟是来商量还钱的。萍嫂忽然就想到了丹丹,说:"你帮着我,偷偷塞给那个丫头。"表弟反应了一下,立刻说:"可以的可以的,那个丫头在舒康工作了,我去塞给她,我也不多话。"

眼下,萍嫂在店里没有瞅见自己想找的人。店里只有两个女技师,一个上了岁数,另一个肯定也不是。萍嫂不仅记得15年前的小丹丹,她的脑海里始终有一个大丹丹的模样。丹丹一直在萍嫂15年的睡梦里生长。

"师傅,你在店里做几年了?"

萍嫂问道。

"四年了,四五年了。"

技师又开始剥指甲。

"师傅,我跟你打听个人,有个叫丹丹的女技师,在你家做过的。你有印象没?"

技师一下停住了,把头昂着,有些仓促地说:"是的,是的,这个人以前在我们这里是招牌呀。一天有七八个点钟，不得了。你是她什么人？"

萍嫂说："没别的。我只是以前来这儿按过，想起这个人，提一嘴。"

技师说："这个女人蛮多本事的，主要是漂亮，我反正看不见，不知道她到底是多漂亮，反正男客人见她就像蚂蟥见了血。后来，她就跟一个客人勾搭上了，也没心思干活了，好像是给人家当情妇了。老板以前带技师去静安小区做上门推拿，那儿是我们这最贵的小区，跟她碰过头，她配了保姆的。你看，有本事吧，我们盲人，也有当情妇的。你现在想点她的钟，你是点不起的，人家的手金贵了，你倒不如点我吧。"

萍嫂说："谢谢师傅，我要走了，我今天不做的。"

从推拿店出来，萍嫂的两条腿就跟不是自己的一样，不知不觉，已经走到了静安小区东南门。那是一个高档小区，各个门口都有漂亮的喷泉雕塑，安保很严格，不等萍嫂靠近，保安便大声盘问："干什么的？"

声音把萍嫂吓退了。她往小区对面的公园里去，心里也在追问自己："到底来干什么的？"

她想起小时候，自己跟父母在田里割菜籽，父亲捕到了一只金鸡，怕它飞走，就喊她在金鸡的翅膀上来上一镰刀，她照办了，但很后悔。那只金鸡很漂亮，头顶上有一撮金毛，有一对蓝色的翅膀。她把这只金鸡偷偷放生了，它是蹦着逃走的。以后，她再看见天上飞过的什么东西，就有一种想要看到那对蓝色翅膀的冲动，就想知道它好没好。

现在，她想看见丹丹，兴许也是同样的冲动。

傍晚，公园里来了一群妇女，这些人都是小区里做保姆的。晚饭过后，她们就聚在公园里，东家长西家短的，闲聊一刻钟。

萍嫂坐在公园的长廊凳上，听几个保姆聊天。

有人说："我家那个老头子，吃菜不要吃盐，又不要吃糖，怕死得很，又要叫我烧出好味道，我反正做不来的，月底就走。"

又有人说："老头子这算好的了，你不要不知足。老太婆才可怕，我家那个就像有神经病，洗衣粉不许多倒，垃圾袋要用到冒出来，水电更是她的命……还有，我只要回一趟老家，就要查我的行李，生怕我顺走她家的什么宝贝。反正，我要干到月底，也得干出神经病。"

一个肥嘟嘟的保姆叹了一口气，说："你们这些都算蛮好的，我家更不像样，我讲都讲不出嘴。"

大家一起问她："是不是主家不正经，揩你的油水了。"

保姆说："没有的事。我家只是特殊情况，女的给男的当情妇，生了小孩，男的要跟前妻离婚，却离不了，老婆蛮凶。他一周来一趟，上一趟就把位置暴露了。老婆带着人寻过来，专门帮人收拾情妇的几个人，就是做这种生意的。小区的安保蛮到位，她们几个人进不来。但我家那个，嘴巴又馋，每天要出门好几趟，都得我引着，买炸鸡啦，买奶茶啦……就被人家堵住了，幸好我反应快，知道一条从干洗店到正门口的小路，才逃过了这顿打。"

几个人听了，都在说："噢，你真危险。那些捉情妇的人蛮猛，要被她们捉住了,说不准裤子都要被扒精光,打得你身上没有一块好。"

保姆接着说:"我家那个小孩也蛮难带的,成宿成宿地哭,幸好是高档小区,房子隔音效果不差,不然门头都要被人砸破。那个女的,漂亮是漂亮,有情妇的模样,但是个瞎子,也没什么奶水。最近都是我冲奶粉去喂,等于是月嫂和保姆的活儿,两手抓的。"

几个人又说:"那你一定要加钱呀,不加钱,你怎么做得下来。又危险又闹心。"

保姆说:"男人小气鬼,已经很久不来了,我跟他提都不想提的。我是准备这周就换场子。"

保姆们的这些闲话,萍嫂全听在耳朵里。等她们散伙时,萍嫂把那个保姆拦住了,在她耳根旁说了好一阵的悄悄话,又塞过去几百元钱……就在前几分钟,她病衰的身体里忽然来了一个新鲜的理想,正在震荡。

| 04 |

星期日,萍嫂进了静安小区10栋3单元406,干保姆。

来这之前的两三天,她办了假的健康证,又经过前面保姆的引荐,给屋里的女主家做了一桌子菜。女主家吃得撂不下筷子,更重要的是,屋里那个不足3个月的小女孩,只要躺在萍嫂的怀里,立刻不哭不闹,十分安稳。加上前面的保姆执意要走,只说老家出了大事,工作就让萍嫂接替,女主家没话讲了,就认可了萍嫂,工资还是照着前面的给。

406是四室两厅，豪华装修，双阳台。

等有一天，萍嫂跟女主家熟络了，就问了一嘴："我家先生是做什么事业的？怎么总不见他的人？"

女主家正在客厅的沙发上吃水果，她确实漂亮。但细想想，这样的容貌对她这种特殊情况来讲，也是一种残忍。她的视力基本为零，凑到亮光处，顶多分辨出来一点方向。她永远看不到自己的容貌，只有通过那些对美别有所图的男人们察觉自己的美，还有一些仇恨美、视美如毒物、想整治她的女人们。她不过22岁，想追求她的男人，一个巴掌也不够数。一位没有视力的美女，就像一件摆在地摊上的古董，想要捡漏的人简直太多。她现在就是那件被男人捡回家的漂亮古董，被关进漂亮的房子里，供男人独自欣赏。

"他啊？我不关心他做什么的。他以前是我的客人，没别的，就是觉得他对我好。我不经意提到的小事情，他都能办好。还有，我睡集体宿舍也睡够了。再有，他身上没味道，嘴巴、胳肢窝、脚底板都还算清爽。我蛮介意气味的……说真的，你身上的味道，我蛮熟悉。"

萍嫂听得一惊，立刻嗅嗅自己的两条胳膊，没嗅出什么味道，便小心翼翼地问："我有什么味道啊？"

女主家说："我讲不准，反正就是熟悉。"

夜里，萍嫂偷摸着去卫生间洗了澡，肥皂都搓掉半块。

萍嫂的饭菜做得香，女主家的嘴又馋，一天改吃6顿，碗筷不晓得要萍嫂多洗了几趟；家里的脏衣物，萍嫂用不惯洗衣机，全部手洗，这又是多出来的体力活；3个月大的小家伙长了湿疹，女主家看不见，萍嫂便默默地处理，两三天就把小家伙的湿疹治好了，女主家一点没察觉……

女主家没奶，萍嫂每天大清早去5公里外的湖边，蹲渔夫的野生鲫鱼，拎回来做砂锅木瓜鲫鱼汤。坚持了不知多少天，有次女主家觉得乳房胀痛，萍嫂把小家伙抱过去，给她喂了好半天，小家伙却吃不出一点儿奶，倒把乳头叼得青紫。萍嫂着急，一双粗糙的大手直接按在女主家的胸口，用土办法给她按摩催奶。女主家疼得打滚，但效果明显，奶水立刻就来了，以后也没再堵奶。

又不知是哪一天了，天气早都热开了，萍嫂跟男主家还没照过面。女主家变得越来越暴躁，每天都在电话里跟男主家吵架，直到那边的电话再也打不通。屋子里有时静得像坟墓，有时又惊天动地，瞬间灌满了女人的嘶吼和孩子的哭啼。

萍嫂也不知所措，只有把饭菜努力做好。人不管落到什么境地，都得吃。

女主家主动找萍嫂讲话："工钱我拿不出来了，那个死男人变脸比掀书还快，以前讲得好好的，等孩子生下来，就立刻给我买房，现在这套房子还是租的，他肯定怕了他老婆了，不敢再来了……我一开始不晓得他有老婆呀……我也不晓得他这么没本事……我付房租的钱不够的，也没钱付你工资了……我生这个孩子干吗呀！"

屋里的孩子哭了，萍嫂说："饿醒了，我去抱过来。"

女主家把筷子一摔，讲："我不要喂，这个拖油瓶，我不要喂了，我烦的。"

萍嫂把筷子捡起来，讲："那我去冲一点奶粉吧。"

女主家吼道："你走吧，你不要管这些了，我付不起工资了，我一分钱都没得给你。"

萍嫂没吭声，冲好了奶，又去哄孩子。等奶瓶温了，她把奶嘴放进孩子的嘴里，孩子闭着眼，辛苦地吃着，一只小手扶住了她的乳房，抓一下又松一下。她疼得冒汗，干脆调整了一个标准的姿势，把奶瓶摆到胸口，像真正的哺乳一样，喂着孩子。屋里彻底安静了下来，孩子吃完奶，就在她的怀里睡着了。

安顿好了小的，萍嫂再去安顿大的。她一边收拾东西，一边劝女主家："男的已经靠不住，我们就要立刻腾地方，这里的房租这样高，赶紧腾地方，钱能截住一分算一分。"

女主家还心存幻想，但气势已经软了，正是需要人帮衬的时刻，她软声软气地问萍嫂："他要回心转意了怎么办，到时候找不见我了呀。"

萍嫂说："他没你电话呀？！指望鬼，也别指望这种人回心转意。他给你留了多少钱？"

女主家说："不多的，你的工资我也拿不出来。"

萍嫂说："我不要什么工资了，你放心吧。钱不多的话，我还能贴你 2000 元。"

两人当天就找好新住处，把东西收拾了。萍嫂把房东的电话也找了出来，商量退租的事情，争取了一点押金回来。为了把搬家的钱省下来，萍嫂借来一辆电瓶车，一趟趟地运行李。

一切都办妥了，萍嫂引着女主家出门时，却碰见了最不想碰见的事。

4个凶神恶煞的妇女将她们围住了，孩子还在婴儿推车上睡觉，妇女们铁块一般的巴掌铺天盖地袭击着她们。萍嫂拼死护着女主家，孩子被她们推到一旁，她们专打情妇，不打孩子，不打旁人。但萍嫂跟她们对打，打得满嘴是血，她们立刻就把萍嫂掀翻了。

大家伙抽萍嫂的嘴巴子，叫嚷着："叫你护小三，叫你护小三！"

领头的人揪死萍嫂的衣领子，讲："你说，你说小三是不对的，你说了，我们就饶你。"

萍嫂的嘴皮子肿了，受刑似的忍着、嘟囔着："丹丹没有不对，都是我不对。丹丹没有不对。"

领头的人对身边的人讲："好。把她扒了吧。"

众人把萍嫂的上衣扒了下来，萍嫂的乳房露了出来，全是橘皮一样的纹路，震惊了所有人，所有的拳头和巴掌立刻悬停在空中，没人再下得去手。

领头的人也泄了气，对萍嫂身下的女主家说："我们收钱办事，今天就到此为止，你以后离那个男人远点儿，过干净的日子。"

女主家的哭声来得很迟，等人全散开了，她才响亮地哭出来。

## 05

新住处是一间两室一厅的毛坯房，生水泥地面，沙砾毛糙的表层没一会儿就磨秃了萍嫂新买的拖把。房子在一楼，对女主家来说，出入还算方便。

萍嫂身上的伤还没好透，已在忙前跑后，重点把婴儿床支好，装上了蚊帐。天气已经热得不可开交，家里的窗户也没有纱窗，还缺了台空调。萍嫂跑五金店，跑二手家电市场，把这对落难母女的生活尽力安排到位。

萍嫂对女主家换了一种姿态，开始教她做事，怎么抱小孩，怎么喂奶，怎么换尿片……统统教她，也不准她偷懒。女主家做事相比普通妈妈有难度，但萍嫂一点儿也不去体谅，要求她必须学会，必须做好。

女主家当然也没了主家的姿态，事事听得仔细，做得认真。萍嫂还教她做饭。学会了三两个菜后，女主家为萍嫂做了一顿饭。那天，萍嫂浑身疼得下不来床，她预感不太好，不得不跑一趟医院。

女主家根本不清楚萍嫂的病，在饭桌上劝萍嫂夹菜。

萍嫂说："吃不动。"

女主家问："怎么没胃口？"

萍嫂沉默了一下，又叮嘱道："我要出去几天，兴许还回来，兴许就不回来了。你要把生活料理好，你最好再出去工作，你有手艺的。"

这时，女主家把筷子放下了，忽然说："你身上有一股火药味。"

萍嫂又是一惊。

女主家说:"我的眼睛是被炸瞎的。有个当妈妈的,为了孩子,炸掉了一家厂,我那天就在厂里,眼睛被炸得看不见了,鼻子却闻到了好多火药味。我没有觉得疼,也没有害怕,反倒觉得那股味道,好有安全感。我是看着她点火的,我没有想过逃。"

萍嫂问:"你怎么不逃呢?你傻啊。"

女主家说:"事情太久了,我那时又太小……那个当妈妈的,有天去厕所,把孩子摆在老板的车厢里,其实就摆在车厢门口,一眼就能看到,是我把孩子往里头踢了踢。我嫉妒那个孩子,整天没完没了地吃奶,我是没吃过一天的奶……我不晓得后来能闹出那么大的事,那个孩子没被老板发现,在车厢里闷死了……我那时候才六七岁,我想我要被那样的一把火烧掉,我也心甘情愿……"

萍嫂竭力把嘴巴捂紧,面庞早已变形。

女主家接着说:"有当妈妈的,为了孩子能去炸房顶;也有像我妈妈那样的,亲手把骨肉丢去荒郊野外。现在我也当妈妈了,倒是很慌,不晓得自己会成为怎样的妈妈了。"

女主家又说:"你不要不说话呀。"

女主家接着说:"我已经晓得你是谁了,打架那会儿,你喊了我的小名,你怎么会晓得我叫'丹丹'呢?我跟这个男人好的时候,就改掉了自己的名字,你从哪儿知道我叫过'丹丹'呢?"

萍嫂不敢吭气,慌了,触电似的站起,呆顿顿地站了好一会儿,又立即收拾自己的东西。

女主家喊:"你别走。"

女主家喊:"我做梦都梦见你。"

女主家喊:"我看见你点火的。"

女主家喊:"是我自己没想跑。"

女主家喊:"你没有对不起我。"

女主家喊:"是我对不起你。"

……

女主家在屋里到处乱摸,泣不成声。

萍嫂抱紧自己的行李,躲在门后头,面庞奇痒,一摸一手泪。

屋里的孩子刚吃饱了奶,倒睡得香。她幼小的人生,尚且不懂两位母亲之间这惊天动地的一刻。

女主家哭累了,没了骨头似的,跌倒在水泥地上。

萍嫂蹑手蹑脚地挨近了门口,门外的日头通红,是火焰般的白昼。她迎着这场火雨,逃了出去,逃进了曾经和旧日,逃进了丹丹那双闪亮的眼睛。

# 双娣寻女

## 01

"双娣"是两个女人，一个叫吴爱娣，另一个叫王生娣。都是1966年生，都是劳改犯。

吴爱娣的身材饱满，皮肤发亮，洋气，有派头。男人通常先瞅她的身材，才会再看她的长相，看完也不会叫人失望。

王生娣的面孔是不能多看的，仿佛为了礼貌，使人一看就马上望去别处。脸盘就像没上漆的乒乓球拍，眼缝儿又窄，刚进来时，号长审都不审，就问："你这副贼眉鼠眼，盗窃来的吧？"

王生娣确实是盗窃进来的，吴爱娣则是诈骗罪，比王生娣来得早，人又是格外精明的，"里面"的日子就比王生娣混得"雅"不少。因为名字里都带"娣",又是同年,娘家都在江苏镇江,"牢缘三碰头",吴爱娣便十分关照王生娣。王生娣又恰是格外记恩的一个人,两人的关系便处得不能再好了,一颗花生也要分着吃。

王生娣在外头是当保姆的,服侍一位老头5年9个月,老头子80多岁了,有帕金森,后来犯脑梗住进了ICU(重症监护室),子女接管了。王生娣有些慌,就把老头工资卡上的3万元退休金取了。

这桩事本来也无大碍,雇主家钱多,没人查这点儿小账。只怪那段时间雇主家里头太忙,王生娣留下来的最后一个月,工作一下变成了育儿——老头子的儿媳妇有个7个月大的儿子,上午9点半到11点交在王生娣手上。其实是个轻巧的活,只怪王生娣干了一桩埋汰事。她有天望着怀里的小男孩,忽然来了一股哺乳的冲动,撩开上衣,将黑瘪瘪的乳头直往小男孩的嘴巴里塞,塞得小男孩哇哇大哭,更不幸的是,雇主在监控里看见了这一幕,认定王生娣是老变态。于是加上这些连锁反应,王生娣盗走3万元的事就没瞒住。雇主立刻告发了她,法院判了她4年。

吴爱娣是卖保险的,还兼职卖理财,为了业绩,她跟一个退休老会计"搭姘头"。老会计过了20年的无性婚姻,认识吴爱娣,得了些好时光,因此平常一个精于算计的人,变得出手格外阔绰,统共交给吴爱娣27万元,讲好6万元买保险,20万元买理财,1万元给她买金镯子。吴爱娣颠了个儿:1万元给老会计买重疾险,20万元给自己买了辆车,6万元买了2套新裙子、2只奢侈品包。

老会计是个妻管严,事情罩不住了,只有告吴爱娣。私下里,他又偷偷给法官写谅解书,偷偷帮她请律师。但法官却不采纳任何轻判吴爱娣的辩护条件，因为吴爱娣的"赃"吐不干净，2套裙子和2只包，她始终不愿如实交代它们的去向。

法官问："裙子和包又不是吃的东西，怎么能吐不出来呢？就是你自己还有歪心思。"

吴爱娣讲："老天的良心啊，我将两样东西烧掉了，在我儿子的坟头烧掉的。"

公诉人讲，嫌疑人没有精神问题，是认罪态度问题，于是她被判了9年6个月刑期。

吴爱娣是2013年进来的，老会计给她写了很多份谅解书，又去法院帮她交了1万元的罚金，按照减刑假释的政策，吴爱娣减掉了1年半的刑，又获得2年假释机会，2019年夏天出狱。

这6年的牢狱时光里，老会计的妻子死了。老会计讲好的，等吴爱娣一出狱，就帮她扶名分。吴爱娣却不急着答应，先跟老会计提了提条件："你的房子，你先跟小家伙们做通工作，能不能加进去我吴爱娣的名字。"

王生娣是2017年开春进来的，服刑已经2年了，余刑还有2年。吴爱娣要出去了，就把几年间囤下来的好物件留给她。有一面用锡纸做成的镜子，玻璃在里面算违禁品，只能用锡纸当镜子；有一把竹丝磨出来的扒耳勺；几块肥皂……都算里头吃香的物件。王生娣却摆摆手讲："我恐怕用不到了。"

2天前，王生娣站在2监区办公室门口，管教找她谈话。她吊高嗓门在门口喊了声"报告"，管教回应"等等再进来"。一等就是半个多小时。王生娣终于进了办公室，蹲在监控台边上等管教开口。

管教看了王生娣一眼,没讲话,搬了一张椅子过来。

王生娣怯生生的,不敢坐下。管教拽她到椅子上,又冲了一杯奶茶过来。

"喝吧,你的保外手续走完了,明天你就能回去了,把病先看了,再改造。"

王生娣前不久身体不得劲,撒尿得来人扶。劳改车间的流水线上有规矩——如厕时间不得超过 2 分钟,她每次都违规;接着是食欲不振,逢周三的开荤日,她对最喜爱的黄豆烧鸭也提不起兴趣;之后身体开始浮肿,脚踝粗了一圈,还长出一对肿泡眼,面色越来越黄。体质大幅滑坡,完全出不了工。管教只能送她去医院,结果查出来是尿毒症。

"我恐怕用不到你这些东西了,我要和你一起出去了。"

| 02 |

说是一起出去,吴爱娣算熬出了头,外头有贴心人候着,有人放鞭炮,假释出狱,是喜兆;王生娣的情况就严重了,她一孤寡多年的老妇,哪来什么就医的条件。

出狱当天,老会计开车来接吴爱娣,王生娣跟着沾光,也坐进了车里头。车是好车,老会计跟退休前自己的司机借的。老会计退休前就配了司机,退休后,司机的日子是节节高升,开好车、喝好酒、抽好烟。老会计却步步败退,老婆管得严,儿子看得紧,烟酒不敢沾,出门就骑一辆自行车,那还是报名参加了骑行团,老婆才批了这张"报销单"。

眼下,老婆死了,儿子全家移民了澳大利亚,他又得了自由,脸色绯红,秃顶冒光。"爱娣,我按照你的要求,买了这只包,你对照对照,牌子还对呢。"

等人都上车,老会计从后座挑出一只黄皮包,王生娣盯了一下商场的发票,价格是5位数,吓得她一抖。

"你只要专柜上拿的,就不会差的。"

"那肯定了,花了我一个半月的退休金呢。"

老会计发动了车后才跟王生娣打招呼,礼貌地讲:"老妹,爱娣跟我讲了讲你的情况,我都晓得了,医病的事情你放宽心,我和爱娣都会尽些力。"

吴爱娣也跟着讲:"你不要皱紧个眉头了,出来了总归好的。"

王生娣抹了一把泪,讲:"我无依无靠,你们这样对我,我怕没命来报恩的。"

三人哭哭笑笑,车子很快开到了老会计定好的酒店。

上了饭桌,老会计嗜酒,一会儿工夫,八两烧酒已经喝尽,人昏淘淘的,瞌睡都打了起来。吴爱娣念了几年的荤腥,吃得肚皮里哐啷啷,非常尽兴了,舒服地靠在椅背上消食。只有王生娣提不起来筷子,一桌好菜,她偏夹几丝豆苗入嘴,嚼也不嚼,粘在了牙缝里,眼睛不时望到远处,呆呆的。

"你吃不动呀。"

"吃不动。"

"那你随我去一趟香烛店。"

"你要上香啊?"

"我去给我儿子上坟。"

两人将在香烛店买好的东西铺开在一座水泥坟旁。吴爱娣架起阴阳盆,点亮香火,又烧上冥纸,冥纸挑了香烛店面额最大的——每张1亿元。坟场的几束野茅草也被点着,一时烟熏火燎,灰飞屑扬。

"你儿子怎么走的?病了,还是灾祸?"

"你先不要跟我讲话,我要哭一哭。"

吴爱娣扶住儿子的碑,哭了几下,又嚎了一阵,嚎得咳嗽,忽然将随身带来的奢侈品包丢进了火盆里。王生娣尖厉地叫了一声,赶紧抢救,却被吴爱娣一巴掌拍得缩回了手。

"你要帮我跟那个男的瞒住这桩事,他晓得了,要讲我神经病的,烧万把块钱的包。"

"你是神经呀,好端端一包包,你烧掉。"

"你不晓得,我烧给我儿子的。他爱穿裙子,爱包包。"

吴爱娣20岁结婚,21岁生小孩,头胎便生了儿子。那是1987年,计划生育管得紧,生了儿子的女人就算完成了家族任务,方方面面都稳妥了。吴爱娣爱人的思想很进步,就让她结扎了。

儿随母,小家伙越长越洋气,也越来越淘气,喜欢倒腾吴爱娣化妆桌上的东西,"口红总是一截一截地短"。

吴爱娣在沙发厂跑销售,爱人是水利局科员,两人都很忙,儿子野惯了,时不常逃课。吴爱娣去开过几趟家长会,逮住儿子,打也打过，骂也骂过，总不见好。

直到儿子高考落榜，夫妻俩才决定抽出一人抓一抓儿子的学习。吴爱娣辞掉了工作，儿子却跟她打马虎眼，依旧不爱学习。有次吴爱娣出门忘带东西，回身去取，撞见儿子竟穿着一条蓝裙子。

儿子复读后二度落榜，再读又不愿意，便辍学在家。很快，吴爱娣又发现一件更揪心的事——一天，儿子跟一个满身腱子肉的男孩在小区里亲了一下嘴。

吴爱娣处理不了这种事，便将情况统统告诉了爱人。爱人把儿子锁在房里，儿子也是怪脾气，举着刀，要自伤自残。爱人就把儿子绑在床上，情况越变越糟。

吴爱娣有天心软，趁爱人出门给儿子松了绑，当天下午，儿子便坠了楼。那是 12 楼，电梯房，140 平方米，爱人新买不久，是这个蒸蒸日上的家最大份的资产证明。

儿子一走，吴爱娣的心就空了。有天，她整理遗物，发现儿子的床下面藏了一只旅行箱，里头有很多裙子、包包，都是百来块钱的假货。她晚上做梦，梦见儿子站在床头，浑身血淋淋的，对她大喊："出殡时怎么不帮我穿裙子！"

梦醒了，她立刻去坟头，将旅行箱里的东西统统烧去了那边。

爱人是很务实的人，他给吴爱娣烧了一年饭，有天在饭桌上就摊牌了，讲自己趁着早，还想要个小孩。吴爱娣鼓了腮，心里有数了，话却讲不出来，只是点头再点头。

不久，吴爱娣便和爱人离了。

皮包在火盆里烧出一股难闻的焦味,火势大了,火光灼得两人脸皮一紧。

王生娣的人中滋出了汗,她忽然对吴爱娣讲:"我也是1987年生小孩的,头胎不如你,生个女儿……我也想要儿子,就把她扔了。老天爷给我尝苦头了,我后面再怎样也不能生了,到今年53岁,身边一个贴心人也不剩。"

吴爱娣压低了眉毛,拽着王生娣避开了一股浓密的烟雾,走到亮堂处,瞪着眼,问:"你还藏了这样的事?扔哪儿了?"

王生娣想讲不想讲的样子,最后轻轻地吱了一声:"罗湖公园。"

吴爱娣晓得那个地方,惊了一会儿,讲:"你最好寻一寻。"

| 03 |

服刑期间,吴爱娣学了舞蹈,当了几年犯人间的文艺骨干。一出来,看见各处广场上满是乱蹦乱跳的同龄人,她也跑进人堆里跳。王生娣见不惯这种场面,乱糟糟的,她脑袋壳子都要犯痛,只能去到远处,晒晒太阳。

老会计跟在吴爱娣屁股后头,一会儿递茶水,一会儿又要帮她脱衣裳。吴爱娣跳乏了,要抽一支烟,老会计等她停住脚,赶紧递过去,再送火。吴爱娣将烟夹在指根上,鼻孔哧哧喷烟,指了指远处的王生娣,对老会计讲:"她那桩事,我老早跟你讲过,你有没有上心?"

老会计讲:"我托人了,但她提供的信息蛮模糊呀,一时半会儿，蛮难。"

王生娣正巧过来，听见了两人的话，一阵儿摆手，讲："不要寻了，不要寻了呀。"

吴爱娣就拿白眼望她一阵，又对老会计讲："我记得，你老早不是在公园练字吗？"

老会计讲："你回来了，我就不去练了，你要跳舞，我准备跟着学一学。"

吴爱娣讲："你身体模子不行，跳了要出洋相的，你还是练字，我想到一个办法，你要不要帮帮我。"

老会计贴上来，讲："不管你做什么，我都要帮你。"

第二天一早，老会计便听吴爱娣的吩咐，拎着一只大毛笔，笔头处吊着一只装满了水的饮料瓶，在公园广场上练书法。

书法内容是吴爱娣想好的——

> 1987年4月9号，白镇王生娣在罗湖公园丢弃9个月大的女婴一名，女婴左手腕带一只银铃铛，母亲王生娣日盼夜盼与女团聚，提供线索者奖励人民币2000元。

联系方式又让老会计写满了3个人的，且附了银铃铛的手绘图。

罗湖公园在城市北边，从前那边竖着十几根大烟囱，日夜喷涌乳白色的浓烟。许多超生户会将女婴、残婴弃在公园，当地老百姓吓唬小孩子，只要提"罗湖"二字，小孩子便不吭不响，浑身发抖。现在公园早都拆了，烟囱也倒了，到处挂着"建设美丽新城"的标语。

老会计拉了七八个书法好友一道来写，几组人分头行动，在各个广场公园写满了水淋淋的大字。等太阳晒糊了字，他们又写一遍。围观的人非常多，三人的电话也响声不停。当然，大部分人都提供不了准确的线索。

见到效果，吴爱娣更要举一反三。她新结识的几个舞友有暴走团的，暴走团的旗子上打广告要付钱，老会计掏钱将"寻女信息"打上了暴走团的红旗子。大红旗子迎风飘展，绕着主城区，每日几圈飘甩，三人的电话又响个不停。

电话那头总有些不正经的人。

有人没聊清楚人，就先谈钱，扯到后面，又讲人已经重病，先打1万元住院费过去，才有机会相认。吴爱娣想不怕一万只怕万一，就掐一掐老会计的臂膀肉，意思是让他备钱。王生娣把电话抢过来，问那边人，有没有一只银铃铛。那边人讲，有的有的。王生娣又问，铃铛响还不响。那边人又讲，响的响的。王生娣就把电话撂了。

吴爱娣问："怎么了呀？"

王生娣讲："那是一只哑铃。"

还有人约着见面，三人跑过去一看，是个花俏的小姑娘，年纪不像1987年的，倒像1997年的，穿一身笔挺的职业装，端一个文件夹，里头是"天福堂"墓地的宣传单。女孩大专刚读到实习阶段，学校安排她去工厂的流水线，每天12小时，工资却只拿几百元，听讲是学校在实习生劳务费里"抽头子"，女孩脾气上来了，离厂后找了这份颇有前景的事业，推销墓地，一口一个"人口老龄化问题""独生子女问题"，讲得三人险些动了掏钱的心思。

电话那头也有挺靠谱的人。

是吴爱娣拉着王生娣去见了一个女孩,刚一照面,吴爱娣便喊:"娘俩像的,蛮像的。"王生娣将她拽开一些,轻声轻语地骂:"你眼睛长脚背上啦?这个女孩这样厚实,跟我哪有一点点像。"

女孩是省里柔道队退役的运动员,100多公斤,短发,在浴场干搓澡工。吴爱娣看中了她的单眼皮,跟王生娣的一模一样,又窄又细。未等王生娣对上话,女孩上前一把逮住王生娣的手腕。

"你给个说法,凭什么要丢掉我?"女孩手劲奇大,王生娣觉得自己的骨头都要成渣了,号叫几声。吴爱娣赶紧来劝:"快松劲,她个病人,吃不消的。"

女孩将王生娣一阵摇一阵晃,问:"你到底是不是我亲娘?我现在的爹娘是1987年春天在罗湖公园捡到我的。"

吴爱娣兴奋了,拽着王生娣,讲:"这还能错?就是她了呀,都能对上了。"

王生娣感觉身子骨要散架了,脸色始终阴着,掉过头问道:"是1987年4月9号吗?"

女孩讲:"我爹娘记性不好,记不准那个日子。"

王生娣讲:"日头记不准不行的,不好这么认的。"

吴爱娣夹到两人中间:"我来安排,你俩亲子鉴定一下好了。"

王生娣猛地退开几步讲:"肯定对不上的,不是的。"

吴爱娣赶忙讲:"你这个人好笑的,这种事一定要科学鉴定一下,你怎么能靠记性呢?你那个记性还牢靠吗?你昨天做什么事你都忘掉了。"

王生娣问:"我昨天做什么事了?"

吴爱娣也不给她留情面了:"你是不是把尿袋摆在洗碗台上了?"

王生娣想不到认亲这样重要的场合,吴爱娣却这样拆台子,气得她跺脚,脑子里嗡嗡地响。

"好了,好了,天王老子我也不认,我死掉算了,我碍你的眼,我死掉算了。"

这边讲着话,人已往河边挪去。吴爱娣叉腰站着,指着人骂:"你要出洋相,你出好了。拎拎清爽,到底帮哪个寻女儿呀?!"

是女孩跑过去拖住了王生娣,王生娣也顺势扑在女孩结实的胸膛里哭了一阵,然后又抹干净眼泪,讲:"我和我前面那个男的都是小块头的人,哪边能生个200斤的女儿出来。我自己生的,我能没数?"

吴爱娣讲:"好了好了,你有数最好了,但这样讲话,伤人家小姑娘的心。"

王生娣这才意识到刚才说的话有失分寸,跟女孩讲:"不好意思呀,你蛮好的。身体好是最好呀。"

女孩却失落极了,皱着嘴讲:"我也是出来认娘的……但认也认不到。我命苦的,前面谈个对象,是打乒乓球的,婚事都谈妥了,因为我宫外孕,切了一条输卵管,医生讲以后再怀孕的可能性很小,男方就退婚了。现在32岁的人了,只能在澡堂子里卖力气……"

女孩认亲不成功,只能把一肚子委屈当场吐出来。

吴爱娣讲:"你应该捶死那个男的。"平静了一下,她又讲:"宫外孕他不担责任啊,你柔道白练啦,公道都讨不回来。"

王生娣也帮腔:"男的是可恶的。"

两个女人左一句右一句,竟说动女孩去讨这份公道。女孩先前是有很多顾忌的,主要怕家乡人的嘴舌,怕碍养父养母的脸面。眼下她却被两位古怪阿姨骂醒了似的,沾染上一股破罐子破摔的勇气。

"我这柔道是不能白练。"

女孩撸起袖子,露出鼓着青筋的小臂。吴爱娣是很精明的人,她拍了拍女孩,讲:"不能我们先动武的,我们要用文明的方式讨公道。"

## 04

看着风风火火的吴爱娣和王生娣,老会计有些生气了。

他为两人租了一套精装两居室,房租、水电、日用开销都用不着她们操心,自己一揽子承包了。现在两个女人出去寻女儿,竟把他当个外人似的,什么也不透风,自己还要赶过来给她们买菜做饭,这一桩桩的事情,都让他觉得"划不来"。

没想到两人寻了一个"巨无霸"回来,菜又不晓得要多买多少,他气鼓鼓地要出门添菜。吴爱娣拦住他,讲:"今天我们要下馆子,有大事商议。"

老会计有些憋不住了,讲:"爱娣呀,你不是没看见我灶台上有菜了呀,不吃掉要坏的,我出去再添一点,大家将就将就好了。菜也是要钞票买的呀。"

吴爱娣讲:"钞票钞票,你跟钞票过好了,还要掉头来招惹我这个劳改犯干吗呢?"

老会计一只手扶住门框,另一只手掏出速效救心丸来吃。

"我不跟你吵,你让生娣评评理,我对你讲不讲真心,讲不讲诚意?你这样拿话来戳我。"

王生娣过来了,拖了拖吴爱娣,讲:"好了,老会计也蛮好一人,我们在家里随便吃吃就行了,我反正也吃不动什么。"

吴爱娣却发脾气了,冲老会计嚷着:"下馆子!你不吃,我们要吃。"

边说边拖着王生娣和柔道女孩往门外走。

路上,王生娣掐吴爱娣,骂她:"神经的,跟老头子较什么劲,不是还要他帮忙吗,这下怎么做事。"

女孩有些不好意思,打退堂鼓了,讲:"王阿姨、吴阿姨,我请你们吃个饭,那桩事就算了吧,我有些心慌,不要弄得大家都一起麻烦。"

吴爱娣却像个常胜将军,气宇轩昂地讲:"放一百个心,老头子马上要追过来。"果不其然,老会计挎着一只皮包跟了上来,喊:"爱娣呀,你们慢点呀。"

老会计按照吴爱娣的吩咐,去女孩前男友家附近的广场上练字,内容也是吴爱娣拟定的,只是太不文雅,侮辱性词汇居多,又指名道姓了,老会计觉得要先礼后兵,便私下里改着写,换作了语气委婉一些的议论体——

> 本地有一男子，乒乓球本领了得，其女友习来道，一男一女皆是体育好手，皆具冠军水平，乃天造地设的一对儿，岂料女宫外孕，切输卵管一截，久难再孕，男甚薄幸，另择新欢。本地人来这论一论，孰对孰错，对又如何，错又如何。

老会计在广场上写了几天，书法好友们也不时来帮衬，效果自然就有了。男的始终没露面，但家长却主动去找女孩养父母讲和了，掏了2万元钱的营养费，女孩养父养母都是勤苦的老实人，半推半就，也只肯收下对方的1万元。女孩又哭又笑，哭的是一桩感情就这样彻底了断，笑又是一口憋死人的恶气总算有点出了。

得了钱，女孩请双娣阿姨吃饭，这时，吴爱娣冲老会计招手，讲："给你表现的机会，买菜回去做饭。"

老会计立刻会意，冲女孩讲："回家吃，家里的菜没味精。1万块你不要破开，存存好了，你一千来个背要搓出来的，一个背你才挣10块钱，1万块你恐怕要搓出一桶的泥来，晓得不……"

吴爱娣喊停了他的嘴皮子："你好了呀，不要什么都瞎算八算了。"

一桌饭开吃，女孩要认双娣阿姨作干妈，老会计起哄："好了好了，这样寻下去，两人要有一窝女儿了。"

吴爱娣掏了一把老会计的怀，讲："认干女儿要包钱，你，红包拿来。"

一天下午,王生娣做了 4 小时的透析,回屋后腰窝处还在一扯一扯地疼,吴爱娣在砂锅里煲好了粥,盛一点儿出来,端到王生娣跟前。王生娣墨灰的嘴巴抖了两下,讲:"吃不动的。"

吴爱娣讲:"你不要这样沉下去,要提起来一点儿,晓得你很难受,但不能输了这口气,该吃还是要吃点的。"

王生娣便接过粥,吃了几嘴。

吴爱娣又讲:"明天还有一个小丫头要过来认你,说不准,这次就是对的了。"

王生娣鼻头酸热,有话却没力气说,使劲摆手。

吴爱娣摁下她的手:"好姊妹,我这个人做事要见底了才罢休,我一定要帮你寻到这个女儿。"

这次来的是个绿头发女孩,两人远远望着,吴爱娣眼睛更亮,瞧出些不寻常,问王生娣:"你看出来没,这女孩子鼻梁歪的。"

王生娣费力地瞅了瞅,瞅不出什么,只讲:"我什么也没看清楚,就看见头像一只大青瓜。"

等人到了近处,两人总算看清了,这人面相骇人,一只鼻子歪得不像话,脸也肿得眼睛都寻不到。

"你摔跤啦,鼻头怎么歪成这个样子?"

女孩不吭声,剥了剥花里胡哨的指甲,问:"你们两个谁是我的亲娘?"

吴爱娣指了指王生娣,王生娣朝前一步,讲:"是我寻女的,但我看你不像的呀。"

女孩呛王生娣："你把小孩那么一点点小就丢掉，小孩五官都没长好，现在 32 年过去了，你以为你是孙悟空的火眼金睛，还是医院里的 X 光射线，还能看得出像和不像来。"

王生娣缩回去一步，讲："你这个小年轻，讲话真难听。"

吴爱娣讲："都不要动火，先搞清爽了关系，然后再算恩怨账。你能确定是 1987 年 4 月 9 号在罗湖公园被捡到的吗？"

女孩讲："我只晓得我是罗湖公园捡来的，哪年哪天我是不晓得的，我养父养母没给我过一个生日，我哪块能晓得？"

王生娣又推吴爱娣走，嘴巴里轻轻地吐出字，"不是不是不是"。

女孩耳朵尖，听见了，骂王生娣："你这叫什么话，你不想认就不要出来认，你还是想认一个富女儿回去给你养老，我晓得你是狗眼睛瞧人的。"

王生娣又往后缩一步，轻声朝吴爱娣念："这小年轻，讲话真的很难听的，没教养没教养。"

这蚊子叫似的一声，又被女孩听在了耳朵里。

"我有什么教养，你把我扔掉的呀，你害得我现在这样，你晓得不，我活了 32 岁没人疼是什么滋味。我几万块的'肋骨鼻'，也被我那个烂养父一巴掌打歪掉，你晓得不晓得呀！"

原来，这歪鼻头女孩刚挨了养父的打，才跑出来认亲的。这一会儿正是她气急败坏的时刻，拖着双娣两人，撒泼似的哭诉一肚子委屈。

歪鼻头女孩叫史爱萍，她的鼻头上有颗大痦子，男朋友陪她去整容医院点瘊子时,被"老师"升了单,走"美贷"做了个"肋骨鼻"。利滚利,填不完的账要还,男朋友跑了,她只能找养父,却不想挨了养父一巴掌,鼻头被打歪了。

她的养父是个跛子,开矿受的工伤,那个年代没有工伤补偿这一说,都是吃大锅饭,生产队里领工分。因自身条件受限,他40岁才托媒说定了一个有智力障碍的女人成婚,便是史爱萍的养母。

养母没有生育能力,1987年春天,养父在罗湖公园发现了鼻头上有颗大瘊子的史爱萍,抱过来收养。养父养母是双残户,早前没低保可领,养父要去邻县干苦活糊口,史爱萍便由没有劳动能力的养母带养。

养母在乡镇上常遭羞辱,带养一个捡来的女孩,过日子的糟糕程度可想而知。

镇上经营土方生意的老板生了两个儿子,一个比史爱萍大5岁,另一个比她大3岁,是镇上有名的小恶霸。史爱萍9岁时,养母因在老板家的院子里捡白酒瓶子,被这对恶霸兄弟绑在了库房里。

史爱萍没法通知养父,只能拎着一篮子鸡蛋,跌跌撞撞地去赎养母。

村里都是砖瓦平房,老板家的这栋楼却有4层,外墙上也贴满了白瓷砖。到了门口,史爱萍脱掉鞋,她怕鞋子弄脏了客厅的蓝色地砖。养母智商不高,但很懂礼节,进任何人家的门户,都会脱鞋,也教会了史爱萍。

天气已经高秋,她的袜子破了洞,小脚丫往地砖上一踩,凉气从脚底心扎进来,冷得她缩短了一截脖子。客厅中间坐着两个男孩,他们的母亲在玩具厂工作,屋里堆着很多冒牌芭比,兄弟俩正肢解着其中一个。

史爱萍走过去,轻声喊他们"哥哥"。

没人睬她。

她听见养母在库房里唤,又大着胆子喊了一声:"哥哥。"

暑假时,恶霸兄弟整天在街道上流窜,被日光烤黑了肤色,两人一个高瘦,一个矮胖,矮胖的反倒是哥哥。听到史爱萍的话,弟弟捅了哥哥一下,讲:"叫你呢,你是哥哥。"

矮胖男孩站起来,贴近史爱萍,瞅了瞅她篮子里的鸡蛋。"你这些鸡蛋上都是鸡屎,你去洗干净了,我们才放你娘。"

史爱萍便去厨房冲洗鸡蛋,她个头矮小,加上营养不良,手伸出去老高,也难够到水龙头。胖男孩走过来,帮她拧开了水龙头,却是将水滋到她身上,淋得她像只落汤鸡。

养父回来,得知母女如此受侮辱,上门去跟恶霸兄弟的母亲论理。他一个嘴拙的男人,说这种事情的道理不占优势,反倒被对方指着额头骂了一通,脸颊上还挨了女人两团唾沫。

当晚,史爱萍见养父憋屈得难受,还煮了两个鸡蛋端给他。老实巴交的养父咽下两个鸡蛋就跟变了个人似的,眼睛通红,摸出厨房的刀,又端出一盆水,坐在门口沙沙地磨刀。

夜里,养父拎着刀去翻恶霸兄弟家的围墙,被气性鼓胀了胆量的养父高估了自己的攀爬能力,一只脚被铁门上的栏杆卡死了,人倒挂在门头上,血淌了不知多少。

这户人家也不搭救他,就想看他出尽洋相,那个年代电话也不普及,尽管养父的呼救声不小,也不会有人跑3里地去镇上打电话叫救护车。整整一夜，养父那只脚已被卡得乌紫，史爱萍和养母用板车将他拉到医院，全村的人都在取笑他们一家三口。养父那只脚在医院里没保全，截掉了半段。

日子一下掉进了黑窟窿。

史爱萍在学校里也处处被恶霸兄弟欺负，她不想再去读书了。养父当时进了罐头厂工作，没日没夜地洗瓶子，得知史爱萍不愿上学，跑回来打了她一顿，她却咬紧牙关，不愿说个理由。

史爱萍当时上 3 年级，书读得很好，已经得了 4 张"三好学生"奖状了。养父气得不行，拉着她去课堂里清理书桌，又将十几斤书全卖去了废品收购站，骂她不读书，以后就带着她一起讨饭。

史爱萍 12 岁就进了服装厂干辅工，14 岁又进了铁芯厂，16 岁进鞋厂……攒下的工钱一半交给了养父，另一半"点"那颗瘊子时被掏尽了，还欠了偿不清的"美贷"。

| 06 |

史爱萍哭诉完心酸事，王生娣的心也跟着碎成了一瓣又一瓣，她赶紧抽了几张纸，递到史爱萍手上，中途却被吴爱娣扯走了两张，她那边也是泪糊糊的一张脸。

王生娣讲："你养父不是个东西，要给你一只这么贵的鼻子打歪掉。"

史爱萍讲："他也是气我气狠了，我整脸是借的钱，利息高得还不起了。"

史爱萍是在工厂的厕所间里看见了整容的小广告,原本她只想点瘊子,费用3000元,她的存款足够。但稀里糊涂的,她就被整容老师"升了单",加了"眼综合",又加了"肋骨鼻",费用变成了78000元,钱不够,又签字借了"美贷"。

双娣两人,心焦焦的,已被史爱萍的这堆心酸事搅烂了肝肠,恨不能立刻帮人家出几口恶气。

"你这个样子,怎么工作,怎么再谈对象?"

史爱萍哭软了身体,鼻涕泡泡从歪鼻孔里冒出了几颗。

王生娣一副没主意的样子,共情共得难受,只想拽吴爱娣走掉。吴爱娣不走,摆出一副多管闲事的架势,站定了琢磨一番,跟史爱萍讲:"你今天出来认亲娘,我这个姊妹却犹犹豫豫的,也掐不准你是不是她女儿,但我帮姊妹讲句话,她自己身体不好了,是不想认回来的女儿多她这支拖油瓶。不管你们今天认不认,你眼下的难处我要帮的。明天,你再来这儿,我给你钱先把鼻头修好。"

王生娣掐了吴爱娣一把,轻声讲:"你脑筋坏掉啦?"

吴爱娣却引着她走出了公园。

路上,吴爱娣讲:"我要找老会计出笔钱。"

王生娣讲:"你蛮横的,他哪边欠你。这种闲事,落落眼泪就好了呀?真要帮,天底下这么多可怜人,你哪帮得过来。"

吴爱娣讲:"老会计是个妻管严,胆子小,除了会算账,没什么能耐,他能当官,是靠老丈人。老丈人留了多少钞票下来,都在他老婆手里,现在他老婆死了,他自然不晓得落下多少钞票呢。弄点钱来帮帮史爱萍，是好事情，是他家的善业，拎不拎得清啊你。"

王生娣惊了，料不想吴爱娣能扯这么弯弯绕绕的道理出来，只好随她。

老会计有钱，但再有钱，一下子要掏万字单位的钱，也是心疼。更何况前不久才买了奢侈品，吴爱娣又讨钱，他就有些不情愿了，非要刨根问底地查清楚。

"爱娣呀，什么事情上要用这些钞票啊？你不会遇到骗子什么的吧？"

吴爱娣又不能将那番弯弯绕绕的道理再讲给老会计，就只能闹他，闹了半天，竟然用了"彩礼钱"的名义。老会计无路可退了，算算也是相当不亏的事情，就给吴爱娣的卡上划过去 8.8 万元。

王生娣将这一幕幕都看进了眼里，半夜里掐吴爱娣的胳肢窝，担忧地说："好姊妹，你这样败家可行呀。一把年纪了，有老会计真心实意这么对你，你就该把重心摆在他那里了。几万的包你也烧，不相干的人，你也割他的肉去帮，我都弄不清你脑袋瓜里算什么账了。"

吴爱娣讲："你真拿他算作好人了，他的钱用得着你心疼？"

讲完便侧过身，打起呼噜来。

第二天，双娣老姊妹又去了公园，史爱萍早早在那候着，吴爱娣递给她一只中国银行的袋子，她打开一看，是 5 万元现金。

"亲娘啊，你俩谁是我亲娘，肯定谁是我亲娘。"

史爱萍一时不愿相信这种事，就算"亲娘"也不会不眨眼就掏 5 万元给她整鼻子。

王生娣却一直摆手，碎碎念着："我不是你家亲娘，我不是的，真不是的。"

夜里，吴爱娣忽然后悔了。

王生娣问她："怎么啦？心疼那5万吗？晓得自己做什么没头脑的事了吧，幸好你还留了3万多。"

吴爱娣讲："你这个人，怎么都活得一身糟病了，眼睛里还只能看见钱？"

王生娣问："那你后悔什么呢？你莫不是想去老会计的被窝？那你何必要做戏这些日子，反正早晚要进去的，考验男人要有个度的。"

吴爱娣白了她一眼，侧过身，咬牙切齿地讲："反正要让那些欺负过女人的男人不得好过，不得有安稳日子给他们过！"

次日，吴爱娣将3万多余款取了出来，花5000元找了"地头蛇"，摸清了欺辱史爱萍的那两个恶霸兄弟的底细，一位在开发区当了公务员，另一位跟着父亲搞建筑包工。

兄弟俩都是猪头猪脑的蠢人，平日喜欢赌，又喜欢洗花澡。吴爱娣花1万元雇了两个人，专门去兄弟俩常光顾的澡堂子应聘了技师，不费几手工夫，便拿到了两人嫖娼的证据，他们直接联系警察，抓了兄弟俩的现行。当公务员的那位自然就不用说了，立马被单位"双开"。搞工程的是弟弟，嫖娼的影响对他不是很大，但这人的老婆却不是省油的灯，跑到项目部找他闹，令他丢掉了一个本该十拿九稳的标。这人是个暴脾气，家里近期出了这么多莫名其妙的晦气事，更加令他火冒三丈，他一气之下将怀孕6个月的妻子一顿爆踹，自己的孩子也丧在了自己的皮鞋下。老婆的弟弟是地方上的狠人，拎着刀要为姐姐讨公道，谁知姐夫用手夺他的刀，这人一发狠，弄掉了姐夫的4根手指。两家人闹得不可开交。

恶霸兄弟到底也猜不出，人生怎么忽然就踩进了烂泥坑，他们或许也早都忘记了年少时作下的恶。

吴爱娣做下这堆事，王生娣却怯极了，一直在后头劝着吴爱娣，讲要倒霉要倒霉的，万一搞不过人家，万一被人家回头搞，会倒霉的。

吴爱娣回过来将她一通骂："我俩混到今天这种地步的女人了，还有什么霉可倒，早都霉得出菌了，你胆子小，你就回去养病吧。我反正心里不痛快，我就要拿坏男人的钱去整坏人。"

王生娣身体不行，不敢动气，就劝："好姊妹，我嘴巴贱，我命贱，我就不该跟你提到女儿的那桩事。我是废掉的人了，你还有大把好日子呀。我不怕什么的，我是怕自己这点儿事害了你。现在你也整过坏人了，老会计的钱你也败差不多了，咱回去吧。"

| 07 |

夏天一过，王生娣的病情恶化了，主要是没医保，透析一次要花费好几百元，一周要透析三四次。吴爱娣和老会计终于掰了，少了姊妹的帮衬，王生娣只能接一些手工活，一周尽量去透析两趟。

吴爱娣找了一份化妆品销售的工作，整天风风火火地在外面闯，每回来看王生娣，进门头一句话便是"钱难挣，钱难挣的"。王生娣忍不住调侃她："想想你败掉的那些钱，是不是悔得肠子也青了。"

吴爱娣讲："我要后悔，也是后悔没多刮一些那个老家伙的脏钱。"

王生娣讲："人家清清白白的退休金，你不好这样讲的。"

吴爱娣讲："清白什么清白，他户头的数字我都看见过的，1000多万呢，他那几个工资，一辈子不吃不喝能攒这些钱下来？他是拿利息钱搞花头，他哪里是肯真正吃亏的人。"

王生娣不吭声了，吴爱娣长叹一口气，讲："我要后悔也是后悔在你这边。我要是忍一忍，你这病也能有个长久的依靠……"

王生娣赶紧打住她，泪水糊了眼，讲："好姊妹，别这么讲，我哪能不晓得老会计不是好东西呢？他老婆没死的时候，让你去坐牢，老婆死了，又倒头来找你，是拿你当个枕边的工具罢了，不称手了，他肯定要换的……我都晓得……但我只是想，女人嘛，总要睁一只眼闭一只眼地过日子，哪天不是一点一点吃进去咽下去的……我也不说了，我难受的。"

年底了，王生娣的身体也彻底垮了，她睡在床上，总梦见自己一截一截地往地里渗，身体就像一泡污水似的。吴爱娣也没活了，化妆品公司关了张。两人闷在屋里，囤了一床底的红薯和土豆，一冰箱的面条和鸡蛋，一天一天地挨。

柔道女孩倒是过来看望过，她养父养母还杀了两只鹅，让她一并捎过来。史爱萍一直没有联络，她有点中彩票后害怕抛头露脸的心态，何况她还是一个四处躲债的人。

这些天，王生娣的眼睛里头已经没了光亮，面庞黑得像炭。她半个月没去透析了，身体里堆满了要命的毒素，好几天不出声。吴爱娣每天都急得跳脚，有天看见电视里放儿子为母亲捐肾的新闻，她兴奋地跑去王生娣的床头，说："要是找到你女儿，说不定你俩能匹配上，你能活命呢！"

讲完吴爱娣又觉得是件不可能的事情，身体就像被霜打过的茄子，倚到窗台那儿去了。

王生娣忽然出声了，有气无力地讲："好姊妹，我骗你的，我怕你看不起我，我骗你的……我哪里还有女儿，我现在是遭报应了。那天在墓地，见你哭儿子哭得那么伤心，周围又是火烧火燎的，逼得我想起一些伤心的事，自己忽然就头昏了，顺嘴撒了谎……我那个女儿其实老早就烧死了……"

1987年4月9日，是倒春寒的一天，王生娣把"烘笼子"（一种在竹篾编成的篮子中放陶钵烧炭，用以取暖的工具）摆进了被窝，4个月大的女儿正睡在她身旁。

王生娣只是去坐了一趟马桶，又不知是不是在马桶上想了一些娘家的糟心事，卧室的门缝里便透出火光。王生娣来不及提裤子，便冲到门口，在推门的一瞬间，她竟犹豫了一下，脑子里闪过一道邪念，这个女儿要是这样没了，就可以帮丈夫再生一个儿子，用不着罚款了。丈夫因为她生了女儿，未等她坐完月子，人已经跑到邻县务工，半个月才回家一趟，对她娘俩的态度很是冷漠。

王生娣打了自己一耳光，猛地推开了门，发现床上被褥已经烧着，火光四射，火舌舔到了房顶上的草席，又烧着了房梁。她一步也过不去，是赶来救火的邻居拽着她逃到了外头。

等大伙彻底把火扑灭，天已经亮了。王生娣去灰堆里找女儿，所有东西都烧得只剩下一小堆了。房梁被烧塌了，正好砸到女儿的右手上。因为被房梁压住了，这只小手倒是完整的，身体的其余部位都烧没了。王生娣就蹲在那只小手旁边，一巴掌一巴掌地扇打自己。她骂自己鬼迷心窍，怎么就犹豫那一下，那一下或许她就能抱起女儿冲出屋了。周围人眼看残屋要塌，又拉她出来，她朝着四周磕头求人，求他们把那只手拿出来。

出来一老汉，用铁锹将那只小手铲了出来，小手上带着一只铃铛。

这只铃铛是她买的残次品，一只哑铃。王生娣生了女儿，丈夫赌气，没给她留什么生活费，家里的值钱货只剩娘家人送来的4个鸡蛋和2袋红糖。一个货郎路过家门口，她用1袋红糖和4个鸡蛋换了这只哑铃，戴在女儿的手上。

王生娣将女儿的小手葬在一棵橘树下，树就在院子后头，她希望女儿来世能讨个吉兆头。不过，她自己的人生却被这场大火彻底改变了，她不愿再当一个百依百顺的妻子，抗拒同房，丈夫和她离了婚，她便一直孤身。

"我没有一天不恨自己的，我现在得了这种病，也是报应。"

王生娣抹眼泪了，吴爱娣听得更加难受，从窗边过来，拍拍王生娣的肩头，讲："都是同一个年代过来的女人，那个时候嘛……你不要多想了……"忽然，吴爱娣也扭过头，大哭了起来。

窗外，2020年的第一场雪正巧来了。

## 绿洲萤火

女监后面有四五座矮山坡，山下挤着一条水泥路，旁边是二三顷荒地。那儿曾有个水泥厂，厂址拆除的时间或许不长，地基尚嵌在褐色的土壤内。

我在那儿站了一会儿，面朝5层楼的押犯区，数有多少扇窗户，一共212扇，都已焊接了铁纱窗。2年前，这些纱窗尚未安装，女犯们收封后，会通过窗户朝荒地抛出"萤火罐"。

她们的劳动任务是制作荧光棒，有些被批发至演唱会现场，有些会出现在校园门口的路边摊，更高质量的产品则会被用作夜钓和救援。这些五颜六色的发光物也会出现在监房，女犯们将荧光液倒出来，涂抹在撕掉了标签的辣椒罐内。晚9点收封后，她们在纸条上写下对家人的寄语，纸条塞入罐内，抛出窗户。逢年过节，荒地上空会出现颇为壮观的一幕，数不清的萤火罐在夜空划过，仿佛下起一场漫长的流星雨。

有聪明的犯人觉得罐内蕴藏商机，刑满前通知同改们在纸条上写下电话号码，出狱后他们将罐子捡回，帮同改们向亲人转诉寄语，每个号码收费50元，接通后由亲属支付。

这种人被称作"号码贩子"。

| 01 |

黄春亲眼撞见过女监窗户里飞出萤火罐。

他是安徽人，1993年生，身材肥壮，脸相卡通，通背延至后脑都刺满了文身。几年前，他在酒吧门口跟骑电动车的路人耍酒疯，一拳打在路人的头盔上，头盔被他打裂了，人也被他打成了中度脑震荡，他因此"进去"过两年。

他告诉我，那天他"喊一伙兄弟摸黑到荒地，为一个女孩庆生"。

他们在荒地上架起4台无线音响，聘请了婚庆司仪，买了"高升炮"和"千声响"。初步计划，司仪唱一遍生日歌，再放炮。这时车子不能熄火，惊动了监狱民警，他们得随时逃走。

农田不便进车，众人抬起扩音设备，溜了过去。刚要布置，押犯区的窗户里突然抛出几个发光物，流星似的在众人眼前划过。有一个正巧滚到黄春脚边，他一脚踩住，捡起来一看，是个发光的罐子，里面塞着一张纸条。没等他拧开盖，围墙拐角处冲出来一个披头散发的黑影，一把夺走了罐子，又迅速捡起地上的其他罐子，飞奔着跑远了。

众人吓了一跳，嚷嚷着撞见鬼了。黄春说是个女人，刚洗过头发。大伙儿也嗅到了气味，夜空中正消散着一股微弱的洗发香波味。

当晚有惊无险，众人帮那女犯庆祝完生日，快速逃离现场。炮声震响了警报器，音效响彻方圆2公里，算是替他们加势助威了。回去的路上，众人琢磨萤火罐的事。大伙儿一分析，立刻弄明白了，那个捡罐子的女人是个"号码贩子"。大伙儿问黄春那女人的长相，黄春说没看清，但身材蛮好。大伙儿笑了，有人打趣，说下回再来，专逮她。

庆生的事，监狱开始严查，势必要揪出涉事女犯。按当天日期，对照女犯们的出生年月，立刻查到一名叫丹丹的女犯。挨了监狱处分后，她捎信出来，让社会上的朋友们不许再去那块地里瞎闹。

2016年10月，丹丹刑满释放，黄春一伙人去接她。大伙从7点等到8点，丹丹总算出来了。她朝大伙儿走来，谁也没认出她。

那是个胖女人，满脸粉刺，像刚洗过脸，突然被谁撒了一把芝麻。前一刻，大伙儿还在车上传看她之前的照片，那是个又白又瘦、瓜子脸型、凹凸有致的网感美女。可2年牢蹲完，谁也不知道她怎么变成这副样子。

到了酒桌上，丹丹聊起了那晚为她庆生的事。她问："这主意谁想的？挺浪漫。"大伙儿都指着黄春，嚷嚷着在一起。黄春觉得氛围越来越不对劲，换个话题，说起了萤火罐的事。

丹丹说："你们没碰巧，赶上逢年过节，那才叫壮观。"黄春说:"那天我们撞见一个捡罐子的女人。"丹丹说:"小珍。"黄春问:"她是不是也进去过?"丹丹说:"剪男人的生殖器,也不知道是剪刀太钝还是手劲小了,只剪出个轻伤害,蹲1年半。"

"这女的刑满后为什么不回家?"

丹丹说:"哪有家?卖来拐去的,没发育就开始吃男人的苦了。"

黄春听到这,发觉什么了,再问:"你和她很熟吧?"丹丹说:"她会说四川话,新犯组一起待过,后来分到车间又是前后道(生产工序)的关系,我一直罩她。她比我大4岁,但里头不管岁数,她一直管我叫姐。有几十罐生意,还是我帮她揽的。"

| 02 |

丹丹三番五次要回四川老家,皆被黄春左一顿右一顿的饭耽搁了。倒不是他主动,而是每回丹丹声称要走之前,必定手机通知他一下。他好面子,每回都约丹丹吃散伙饭。

次数多了,他就不请了。丹丹发消息问他:"是不是烦我了?"他说:"这倒不是,要陪女朋友。"话到这,丹丹索性挑明了,说等她的整容方案做下来,身材恢复了,再追就追不上了。

黄春火了,说:"我有女朋友了,你整成天仙,也不追你。"丹丹说:"你那女友早晚得散,我的直觉就是X光射线,照得清你的心肺。"黄春不准备聊了,丹丹忽然问一句:"想不想见见小珍。"黄春回:"你有病吧,我见她干吗。"丹丹说:"你每回和我吃饭,起码要提四五遍小珍。"

没等黄春回话，丹丹直接约上了："老地方聚，我带她来。"

黄春的父母开了家烟酒店，旁边是一家酒楼，主打苏州菜。他每回请女性朋友吃饭，都选这。两个原因，一是苏州菜"精细雅"，显品位；二是挨着自家店铺，女孩细心，一瞅这烟酒铺子，都觉得他家境殷实，有经济实力。

丹丹约了12点的中饭，黄春去理发店修整了发型，左侧脑刮出一道"社会杆"。他在镜子里照着头型，顺手多解开两颗衬衣扣子，方便金珠链子低调地露出来。

到了饭点，丹丹来了，身旁站一个戴鸭舌帽的高挑女人。女人帽檐压得很低，只露出鼻子和嘴巴，穿着一件棕色风衣，脚踩高筒皮靴。衣服兴许是旧的，因为黄春见丹丹穿过几次。她的肤色不太均匀，脸和脖颈是小麦色，往前弯腰时，V字领口又暴露出未经日晒的白皙胸脯。

眼前的女人，黄春十分中意。他立刻请两人坐下，大手一挥，招呼上菜，摆出十足的社会人姿态。

丹丹跟他介绍："这就是小珍。"然后又跟小珍介绍："这是春哥，那晚你俩撞见过。"小珍点点头，细声细语地喊："春哥好。"她的头压得更低了，黄春想看她的脸，落了个空。黄春问："还去捡罐子吗？"小珍摇摇头，说："查得紧，不让捡了。"黄春说："你胆子真大，大晚上一个人去那儿，不怕？"小珍说："我山里生的，再黑的夜路都跑过。"

一会儿，上来一盆干锅菜，盆底烧了酒精。黄春在锅里搅了几下，一股热气冒上天花板。他跟丹丹说："你让她把帽子摘了，热气熏得她肯定难受。"丹丹撇嘴一笑,说:"你什么心思我还不知道?"然后又扭头对小珍说:"你把帽子摘了,春哥想瞧你模样。"

小珍摘了帽子,黄春很吃惊,好端端一张秀气的面孔,偏偏长了一块鸡蛋大小的胎记。那胎记浅红色,从左侧额头蔓延至上眼皮。黄春说:"还是戴着吧,我把酒精块熄掉火。"丹丹说:"你看你,男的怎么都一个样。"她给小珍戴好帽子,拉着她的手说:"我马上回老家了,你以后多跟春哥交往交往,春哥对女人细心,肯定能关照你。"黄春白了她一眼,吃饭过程中没再讲话。

吃过饭,黄春借口去忙事,丹丹挡了他一下,轻佻地说:"你们男人别光看张脸,小珍好不好,你得试试再说。"黄春刚才憋了火,猛拽一下丹丹,讲:"你什么意思,找这么个女人来触我霉头。"

丹丹笑笑,端着手机戳来戳去。黄春手机震动一下,是她转了小珍的微信名片。丹丹说:"你肯定喜欢她。"

整个冬天,黄春都在和女友争吵。这个女友太不省心,喜欢找碴儿。有回因看电影选错票,当街和黄春撒泼,拽断了他的金珠链子。黄春急了,刮她一个耳光,两人掰了。

他喝了半宿闷酒,醉眼迷瞪之际加了小珍的微信,小珍很快通过验证。他发了定位,让小珍来陪酒。

那晚他喝得太多,发酒疯了,搂着小珍乱亲,猛嘬小珍额头上那块胎记。小珍也不躲,由他摆弄。后来怎么进了宾馆,发生了什么,他都记不清,喝断片了。反正醒来时他和小珍赤身裸体躺在一处,小珍还没睡。他摸到烟,小珍送火。他叹了叹气,说:"你哪都好极了,就是可惜了一张脸,带不出去。"小珍说没关系。然后他又问:"刚才咱们做过没?"小珍说:"你喝太多,没办成。"他说:"那就好,我先回了,你睡一会儿也回吧。"

小珍不睡了,跟着他一块穿衣服。两人到了宾馆楼下,冬风像刀子。他问小珍怎么回去,住哪。小珍说走回去,住乡下。他要叫个车,小珍说:"算了,那地方车开不进去,是鸭蛋厂。"他问:"你在那做工?"小珍说:"今天你醉得厉害,没闻到我身上有鸭屎味。""那你走来的?"小珍说:"我腿有劲儿,能走路。"

小珍钻进了一股冬风,三两步就不见了。

再见小珍,仅是2天之后。黄春被人打了,头肿得跟猪头似的。他心里窝着火,稀里糊涂的,又把小珍喊来了。没等人的脚跟站稳,黄春就指着她的脸开始骂丹丹。

丹丹前面找他,两人来来回回吃过几顿饭,被朋友撞见了,那人转述给丹丹颇有社会势力的"活闹鬼"(南京话,街头不务正业的小混混)前男友。"活闹鬼"带着一帮兄弟拦住他,审他和丹丹什么时候"勾搭"上的。查了手机,又来了半宿的严刑逼供,"活闹鬼"才相信自己没被戴过绿帽。

黄春说:"这个肥女人害了我。"小珍没说话,从冰箱里抠出几块冰,裹着毛巾替他敷脸。黄春一把抓住她,将她摁在身下,说:"你是她的好姐妹,这股气只能撒你身上。"

两人好过之后,黄春将先前许多想问却没问的话都说了。他说:"你胆子真大,敢剪男人。"小珍说:"就是胆子小了,手抖,没剪下来。"他问:"那是个什么样的男人,得让你多生气。"小珍把话岔开了,转问他:"你确定要和我好?"黄春说:"不确定,但最近时不时就想到你。"然后又说:"你把鸭蛋厂的活停了,我给你租个房子,你在家歇着,我想来就来。还有,你得吃药,我不喜欢戴套,也暂时不能要孩子。每个月给你 4000 块。这些事咱们都得说清楚,回头你别剪了我。"

小珍忽然说:"用不着。"黄春说:"你还真稀罕鸭蛋厂的活。"小珍说:"用不着吃药,我不能生孩子。"黄春愣了一下。小珍自己解释:"16 岁前流过好几胎,后来被转来卖去,就是因为这毛病。"黄春听明白了,搂住她,说:"那你该剪 16 岁前那个男人。"小珍说:"那是我养父。我的脸被家人嫌弃,把我丢了,他捡了回来。"黄春说:"那更该剪。"

| 03 |

黄春租了套精装小公寓,每月 1800 元。小珍搬来时东西不多,一个小巧的旅行箱,里面都是旧衣服,她说是临走时狱友们送的。还有一个红色编织袋,装了一堆萤火罐,一本软面抄上面贴满了小纸条。黄春让她把这些都扔了,她不乐意。黄春骂道:"我越混越没样,找你这么个拾破烂的丑八怪。"小珍丝毫不介意,只把东西往床下踢。

当天,黄春给了小珍 5000 元钱,让她买些家居用品,给自己添两件新衣服。此后,黄春每隔三五天去小公寓一趟,有时中午也去。头半月,小珍都在家守着,后来就不对劲儿了,好几回黄春敲门没人应,他又没带这边钥匙的习惯,发消息给小珍也不回。这种情况，他发完火后也没放心上，况且每回小珍都有正当理由，而且悔错态度极好。

过了俩月，黄春突然发觉一点规律，小珍每逢月上旬，都是周三下午不在，下旬又变成周末离开。有一回，他在枕头上发现一根短发，跟自己的头发长度比较了一番，确信是其他人的。他捏着头发审她。小珍笑了，说是根孩子头发，瞎激动。他问什么孩子，谁的孩子。小珍让他松手，她翻照片给他看。

手机上是个八九岁的消瘦男孩，穿一件蓝色羽绒服，系着红领巾，脸颊长了冻疮。

小珍说，是她干儿子。黄春问："你什么时候都认干儿子了？"小珍从床下面拖出编织袋，指着一堆萤火罐说："从这里面认的。"

小珍当了"号码贩子"后，每天夜里去捡萤火罐。那段时间，她每日能进账二三百元。后来监狱管得严了，萤火罐越来越少，每天只有一个，而且罐里没有电话号码，只有字迹丑陋的一段话，向她问好，说交个朋友。

小珍觉得，这肯定是哪个女犯闲得发慌。她盘算再捡不到罐子，就另谋出路。果然，后面几天也还只有这个无聊女犯的罐子，她就去鸭蛋厂干活了。

大约两个月后，鸭蛋厂老板让她往乡下蛋饺作坊送300枚蛋，那已是傍晚，老板给她找来一辆三轮电动车。她不会开，就背着箩筐从山坡上抄近路，步行过去。

山坡正巧在女监后头，她看见地上铺满绿光，以为萤火罐的生意又来了。送完鸭蛋，她将罐子都捡进箩筐，返回厂宿舍后，逐一打开,却发现几十个罐子里都没号码,全是之前那个无聊女犯写的。

只是纸条上已不再是问候语,而是在求她办事,让她去乡下一所小学找一个小孩,转告小孩一句话:妈妈没死,做了坏事关在监狱,如果原谅妈妈,就求爸爸带他来看妈妈。

小珍将编织袋里那本软面抄拎出来,翻给黄春看。里面贴满了纸条,字面意思跟小珍说得大差不差。黄春没耐心看,只说以后别把小孩带家里来,什么事都不方便。小珍说:"就带那一次,还是留心趁你不在。你什么时候憋不住要来,我心里有数。"

黄春问:"你认小孩当干儿子,那个丢罐子的女犯知道吗?而且你还不知道这人是谁呢,瞎认什么亲呀,回头惹麻烦。"小珍笑笑,说孩子有爸,他爸同意了。黄春不关心这事了,让小珍捶背。养了一会儿神,他忽然问:"那小孩去见他妈了吗?那女的犯什么事进去的?"

小珍说不知道。黄春睁开眼,调侃道:"那你这叫办的什么事,这不等于抢了人家的儿子。"小珍小声嘀咕一句:"反正那孩子没妈。"

| 04 |

具体是哪个日子,黄春记不清了,反正已经开春,四处猫叫。他从厕所墙壁上发现了指甲盖大小的肥皂沫,沫里有胡须楂子。他确信自己没在这刮过胡子,而且他只用电动剃须刀,不可能用肥皂

沫当胡须膏。

他盯了小珍几天，跟她到了一个村庄，那儿到处堆着泡沫包装箱。包装箱堆起来有3米高，围了一个篮球场大小的空间，小珍在里面绕来绕去，他一不留神跟丢了。

从箱堆里钻出来，他看见一栋红砖老厂房，墙皮已经脱落，但焊了崭新的铁门。这儿应该是个仓库，用来囤积包装箱的。铁门虚掩着，他挨着门缝，听见有人在洗衣服，而后是一个中年男人浑厚的说话声，让小珍留下来过夜。小珍说不行，那边的事还要料理，洗完衣服就回去，然后又问飞飞的校服钱交没交。

听到这，黄春的脑袋壳子着火了似的，他怒气冲天地撞开铁门。门后头一堆已经粉化的泡沫箱倒了下来，摔碎在地上，扬起一阵雪花般的颗粒沫子。小珍蹲地上，面前摆着塑料洗衣盆，里面放了块搓衣板。黄春撞开门的瞬间，她惊慌失措地站了起来。那个中年男子戴着墨镜，盯了黄春一会儿，迅速背过身去。

黄春踢烂脚跟前的箱子，要冲过去揍那男的，突然发现男人的背影不对劲儿。他穿一条磨得透亮的茶色秋裤，上身是毛衣背心，露着一条伤痕累累的脖颈，两个耳朵缩卷着，一半的后脑没长头发，另一半被厚厚的肉疤覆盖着。整个人像熔掉一截的蜡烛，一看就是经受过非常严重的烧伤。

黄春怔愣一会儿，还是冲上去揍了他一拳。他倒在地上，墨镜被打翻了。黄春被他的眼睛吓住了，他的眼皮像被烫卷的塑料袋边角，两颗血红的眼珠凸鼓着。

小珍扑上来挡住他，男人摸起墨镜戴好，缩到一堆泡沫箱里。

小珍紧抓黄春的双臂,哀求他:"别跟残废动气,有气冲我撒。"

黄春揪着她的头发,盘问着:"这个怪胎是谁?"小珍说:"那人的老公。"黄春问:"谁?"小珍说,就是那个丢萤火罐的女劳改犯。黄春大吃一惊,骂道:"你不得了啊,来这认了干儿子,还认老公了是吧?"小珍踮着脚,黄春提住她的头发,用力想拎起她的脑袋。

那男人从泡沫箱里爬出来,抱住黄春的右腿,大喊:"放了小珍,你冲我来,弄死我算了。我负责,她和你的事我负责。"

黄春一脚踢开他,朝小珍吼:"怎么回事!"

小珍说:"对不起你,跟你好,主要是你给钱。我和他早就搭伴过日子了,他在这守仓库,一月才400,我在鸭蛋厂一月1900。飞飞老师说孩子有美术天赋,让出3000块美术特长培训费。丹丹说你中意我,肯定舍得花钱,我就去见你了。"

黄春松开小珍,一把将她推开,骂道:"寻思可怜你,跟你好一阵子,想不到,给你这丑八怪摆了一道。"骂完,他又冲上去打小珍。男人朝他扑上来,他将男人摔倒在草丛里,两人抱一起扭打。突然,屋子小房间里冲出来一个瘦弱的小男孩,脸颊和手上都是冻疮,穿着一件高领毛衣,他使劲吊住黄春的脖子大叫:"别打我爸!"

黄春将小孩甩开,站起身,扑掉身上的泥,气喘吁吁地骂道:"你们这堆稀烂的垃圾,也算一家子人?你们这种货色都敢耍我,我立马喊人铲平这个垃圾场,你们等着!"

离开之际,黄春想起什么似的,返回去摁住小珍,叫她把公寓的钥匙交出来。小珍不交,说:"你肯定要丢了我那堆罐子,我得取回来。"黄春刮了她一耳光,说:"你来劲儿了是吧。"那一耳光的力道又猛又韧,像抽出去的鞭尖,噼啪一声响。小珍半边脸肿了,她抱住黄春的右腿,说:"你让我把罐子带回来,那是飞飞亲妈的,将来他认不认这个亲妈,就看他明不明白这堆罐子。她总有一天要出来的呀,我捡了她的罐子,我得给她个交代。"

那孩子已在号啕大哭,嘴里嚷嚷着:"我亲妈死了,我只有干妈。"

黄春听得心烦,只觉得自己的面子下不来台。他强行将她口袋里的钥匙翻走,啐了一口唾沫离开了。

黄春气昏了头,什么事都没弄明白就急着踹了小珍,挽回尊严。那天他也没心思回公寓,那里到处是小珍用的洗发水的香味,她爱用一款廉价浓香型的洗发水,每次洗完头发,那股味道一整天都散不完。

他去酒吧喝酒,其间给丹丹发视频,丹丹转成语音接听,他骂了一句,丹丹就挂了。他又发,丹丹拒接。

酒喝到凌晨,丹丹主动发来七八条长语音。

她说:"那男的你也见了,火烧得没人样。知道小珍为啥能跟那样的人搭上伴吗?因为她想要孩子,明白吗你?她生不了,那儿有个现成的。"

然后她又直言不讳,说自己就是拿小珍当工具报复他。那天在监狱后头放炮庆生的事,一瞬间感动了她,但黄春嫌她丑,看不上她,她就找个更丑的,看黄春的笑话。

... 229

黄春说:"你真狠,小珍是你姐妹,你能这样安排事情。"

从酒吧出来,黄春摇摇晃晃地去了公寓,将小珍藏在床底下的编织袋拖了出来。小珍之所以把罐子带到公寓,是为了将里面的纸条粘在那本软面抄上。三分之二的纸条已经粘好,用固体胶平整有序地贴在本子上。黄春一页页地翻看,又把剩余三分之一的罐子倒空,看完了所有的纸条。他发现,满满一本软面抄,都是一个母亲对儿子的忏悔录。

投萤火罐的那名女犯因纵火罪获刑无期,她老公原本是跑长途运输的,虽然隔三岔五不着家,但钱挣了不少,在村里早早盖起了楼房。这女人好打麻将,后来跟邻村牌友搞起婚外恋。情人是个讨债鬼,欠了一屁股的债。情人怂恿女人跟他过,出了个没脑子的恶毒计划,让女人给她家楼房上保险,而后放火,赔的钱够他俩玩一辈子牌。女人知道情人放火背后的意思,是要烧死老公一家人,她把当时2岁的孩子抱回了身边。火烧起来了,公公婆婆死了,老公命大,但烧成了残废。

警察到现场后,查出属于人为纵火,情人立刻被抓了,判了死刑。女的属从犯,获刑无期。

| 05 |

那天,黄春跟我聊到很晚。

他主动约我,本意是想打听一下我老家高淳的螃蟹进货渠道,随口说起了这段感情经历。我索性加了几个菜,续上了晚餐。烟抽了3包,两人的嘴巴都已发麻发苦,酒水不能再喝,便泡了壶白茶。

黄春说:"我这段感情经历太丢人,也就是跟你这熟人讲讲。"见我没回话,他又找补一句:"你是没见她,身材极好,所以我能将就。不然我能和这类人处?"我说:"气质。小珍身上有股让你心生怜悯的气质。"黄春说:"你不愧能吃上文化饭,说到点子上了。别说,我时不时还会想她,但她确实让我太跌份儿。"

我打断他:"你还了那些罐子吗?"

他说:"去过一趟,撞见那孩子了,瘦不拉几的,背个小画袋。小珍给他报了美术特长班,说这孩子有绘画特长。罐子我倒是还了,但我把那堆纸条撕了。"

我比较吃惊,问这是为哪一桩。他说:"那样的亲妈还有什么认不认的,孩子长大了看见那堆破纸条,只能添堵。小珍喜欢这孩子,就让她这个干妈带着吧。"我说:"那你送一堆空罐子去有什么用。"他说:"那堆罐子里有荧光,挂他们那院里省了再安灯。我想想这么些人也挺不容易,临走时还掏了2000块钱,塞那孩子书包里了。"

我笑笑,说:"怪不得你琢磨正经干生意了。"他也笑笑,说:"还不是为了以后能正经安个家,年纪也不小了。"说完又补充一句:"小珍他们这般稀碎,拼拼凑凑都弄出了一个家。"

| 后记 |

据说,萤火罐沦为生意后,在罐内写寄语的人少了,有人指点

亲属如何向管教民警行贿，有人频繁向家人索要生活物品。为此，狱方三番五次出击严打，抓了几个"号码贩子"给予行政处罚，但屡禁不止。最终狱方选择从源头整治，给押犯区212扇窗户焊上了铁纱窗。

今年，狱方在地里播撒了一批草籽，清明之后，将会长出半人高的荆棘藤草。夜晚风声呼啸，那儿终将无人再入。不知那位在高墙内忏悔的母亲，是否在罪孽深沉的命运中，领悟到了一丝幸运。